as inseparáveis

SIMONE DE BEAUVOIR
as inseparáveis

tradução de
IVONE BENEDETTI

6ª edição

EDITORA RECORD
RIO DE JANEIRO • SÃO PAULO
2025

EDITORA-EXECUTIVA Renata Pettengill	CAPA Leonardo Iaccarino
SUBGERENTE EDITORIAL Mariana Ferreira	IMAGEM DE CAPA Association Élisabeth Lacoin / L'Herne
ASSISTENTE EDITORIAL Pedro de Lima	DIAGRAMAÇÃO Beatriz Carvalho Beatriz Araujo
AUXILIAR EDITORIAL Juliana Brandt	TÍTULO ORIGINAL Les inséparables
REVISÃO Claudia Moreira	

CIP-BRASIL. CATALOGAÇÃO NA PUBLICAÇÃO
SINDICATO NACIONAL DOS EDITORES DE LIVROS, RJ

B784q
6ª ed.

Beauvoir, Simone de, 1908-1986
　As inseparáveis / Simone de Beauvoir; tradução de Ivone Benedetti.
– 6ª ed. – Rio de Janeiro: Record, 2025.

Tradução de: : Les inséparables
ISBN 978-65-55-87012-1

1. Ficção francesa. I. Benedetti, Ivone. II. Título.

20-67251

CDD: 843
CDU: 82-3(44)

Camila Donis Hartmann – Bibliotecária – CRB-7/6472

Copyright © Éditions de L'Herne, 2020

Imagens do encarte
01/02/04/06/07/08/15/18 © Association Élisabeth Lacoin / L'Herne
03/10/13/14/16/17/19/20 © Collection Sylvie Le Bon de Beauvoir
05/09/11 Autoria desconhecida
12 © The LIFE Picture Collection

Texto revisado segundo o novo Acordo Ortográfico da Língua Portuguesa.

Todos os direitos reservados. Proibida a reprodução, no todo ou em parte, através de quaisquer meios. Os direitos morais da autora foram assegurados.

Direitos exclusivos de publicação em língua portuguesa somente para o Brasil adquiridos pela
EDITORA RECORD LTDA.
Rua Argentina, 171 – Rio de Janeiro, RJ – 20921-380 – Tel.: (21) 2585-2000, que se reserva a propriedade literária desta tradução.

Impresso no Brasil

ISBN 978-65-55-87012-1

Seja um leitor preferencial Record.
Cadastre-se no site www.record.com.br e
receba informações sobre nossos lançamentos
e nossas promoções.

Atendimento e venda direta ao leitor:
sac@record.com.br

PREFÁCIO

Ao lado de Simone de Beauvoir, então com 9 anos, aluna da escola católica Adeline Desir, senta-se uma menina de cabelos escuros e curtos, Élisabeth Lacoin, apelido Zaza, alguns dias mais velha que ela. Espontânea, divertida, ousada, ela contrasta com o conformismo ambiente. Na volta das férias, Zaza não está lá. Tristonho e acabrunhante, o mundo se ensombrece, quando de repente a retardatária aparece e, com ela, o sol, a alegria e a felicidade. Sua inteligência viva e seus múltiplos talentos seduzem Simone; ela a admira, está subjugada. As duas disputam o primeiro lugar, tornam-se inseparáveis. Não que Simone não viva feliz em família, entre a jovem mãe querida, o pai admirado e uma irmã caçula muito apegada. Mas o que acontece à menina de 10 anos é a primeira aventura do coração: seu sentimento por Zaza é apaixonado, ela a venera, teme desagradá-la. Evidentemente, em sua patética vulnerabilidade da infância, não compreende a revelação precoce que a fulmina e que para nós, suas testemunhas, é tão comovente. Suas longas conversas com Zaza têm valor infinito para ela. Ah, são tolhidas pela educação: nada de familiaridades, tratam-se por *vous*, mas, apesar desse recato, falam-se como Simone jamais falou com ninguém. O que é esse sentimento inominado que, sob o rótulo convencional da amizade, abrasa seu coração jovem no deslumbramento e nos transes, senão o amor? Bem depressa ela entende que Zaza não sente um apego análogo, nem desconfia da intensidade do seu, mas que importa, diante do êxtase de amar?

Zaza morre repentinamente um mês antes de completar 22 anos, no dia 25 de novembro de 1929. Catástrofe imprevista, cuja memória assombrou Simone de Beauvoir. Durante muito tempo a amiga lhe voltou em sonhos, com o rosto amarelado sob uma capelina rosa, olhando-a com censura. Para abolir o nada e o esquecimento, só um recurso: o sortilégio da literatura. Quatro vezes, em diversas transposições — em romances inéditos da juventude, em sua coletânea *Quando o espiritual domina*, num trecho suprimido do romance *Os mandarins*, que lhe valeu o prêmio Goncourt em 1954 —, a escritora tentou em vão ressuscitar Zaza. Repete a tentativa no mesmo ano, com uma longa novela que ficou sem título e permaneceu inédita até hoje, aqui publicada. Esta derradeira transposição ficcional a deixa insatisfeita, mas, por um atalho essencial, leva-a à conversão literária decisiva. Em 1958, ela integra ao texto autobiográfico a história da vida e da morte de Zaza: são as *Memórias de uma moça bem-comportada*.

A novela que, depois de terminada, foi conservada por Simone de Beauvoir, apesar do juízo crítico que fazia sobre ela, nem por isso deixa de ter grande valor: diante de um mistério, a interrogação se exaspera, multiplicam-se os ângulos de abordagem, as perspectivas, os pontos de vista. E a morte de Zaza continua sendo em parte um mistério. As luzes que os textos de 1954 e 1958 lançam sobre ela não se sobrepõem com exatidão. É na novela que entra em cena pela primeira vez o tema da grande amizade. Uma daquelas amizades misteriosas como o amor, que levou Montaigne a escrever sobre La Boétie e sobre si mesmo: "Porque era ele, porque era eu." Ao lado de Andrée, encarnação romanesca de Zaza, mantém-se uma narradora que diz "eu", sua amiga Sylvie. "As duas inseparáveis" estão reunidas, na narrativa como na vida, para enfrentar os acontecimentos, mas é Sylvie que os conta através do prisma da amizade, permitindo que, pelo jogo dos contrastes, seja revelada sua irredutível ambiguidade.

A escolha da ficção implicava diversas transposições e modificações que devem ser decifradas. Os nomes próprios de personagens e lugares e as situações familiares diferem da realidade. Andrée Gallard ocupa o lugar de Élisabeth Lacoin, e Sylvie Lepage, o de Simone de Beauvoir. A família Gallard (Mabille em *Memórias de uma moça bem-comportada*) tem sete filhos, dos quais um único varão; entre os Lacoins, eram nove vivos, seis meninas e três meninos. Simone de Beauvoir só tinha uma irmã; Sylvie tem duas. Evidentemente, no colégio Adélaïde se reconhece o famoso curso Desir, situado na rua Jacob em Saint-Germain-des-Prés; foi lá que as professoras batizaram as duas meninas de "as inseparáveis". Essa expressão, por lançar uma ponte entre realidade e ficção, passará a servir de título à novela. Pascal Blondel serve de máscara a Maurice Merleau-Ponty (Pradelle em *Memórias*), órfão de pai, muito apegado à mãe, com quem vivia junto a uma irmã que não tem semelhança com Emma. A propriedade de Meyrignac no Limusino é transformada em Sadernac, ao passo que Béthary designa Gagnepan, onde Simone de Beauvoir ficou duas vezes, uma das duas residências dos Lacoins em Landes, além do castelo Haubardin. Zaza está enterrada lá, em Saint-Pandelon.

De que morreu Zaza?
De encefalite viral, segundo a fria objetividade científica. Mas que fatal concatenação mais remota, encerrando em suas malhas a totalidade de sua existência, entregou-a finalmente enfraquecida, esgotada, desesperada, à loucura e à morte? Simone de Beauvoir teria respondido: Zaza morreu de sua excepcionalidade. Fora assassinada, sua morte era um "crime espiritualista".

Zaza morreu porque tentou ser ela mesma e foi convencida de que essa pretensão era um mal. Na burguesia católica militante em que nasceu, no dia 25 de dezembro de 1907, em sua família de tradições rígidas, o dever de uma filha consistia em se esquecer, renunciar a si mesma, adaptar-se. Por ser excepcional, Zaza não conseguiu "adaptar-se" — termo sinistro que significa se encaixar no molde pré-fabricado em que nos espera um alvéolo entre outros alvéolos: o que transbordar será comprimido, esmagado, jogado fora como dejeto. Zaza não conseguiu se encaixar, sua singularidade foi moída. Nisso está o crime, o assassinato. Simone de Beauvoir se lembrava, com uma espécie de horror, de uma foto de família tirada em Gagnepan, com cada um dos nove filhos enfileirados de acordo com a idade, as seis meninas com vestido igual de tafetá azul, chapéu idêntico de palha guarnecido de centáureas no alto da cabeça. Zaza tinha lá um lugar a esperá-la desde toda a eternidade: o lugar da mais nova das filhas dos Lacoins. Fanaticamente, a jovem Simone recusara essa imagem. Não, Zaza não era aquilo, ela era "única". A emergência imprevista de uma liberdade é o que todos os credos de sua família negavam: o grupo investiu contra ela sem trégua, ela se tornou presa dos "deveres sociais". Cercada de uma família de irmãos e irmãs, primos, amigos, vasta parentela, devorada por tarefas, pela vida social, pelas visitas e pelos divertimentos coletivos, Zaza não tem um só momento para si mesma, nunca é deixada sozinha, nem a sós com a amiga, não pertence a si mesma, não lhe é concedido nenhum tempo privado, nem para o violino, nem para os estudos; o privilégio da solidão lhe é recusado. Por esse motivo, para ela os verões em Béthary são um inferno. Ela sufoca, anseia a tal ponto escapar daquela onipresença alheia — pensemos na mortificação semelhante imposta em certas ordens religiosas — que chega a cortar o próprio pé com um machado para escapar de uma incumbência especialmente odiosa. Naquele meio o importante é não se singularizar, não existir para si, mas existir para os outros; "mamãe nunca faz nada para si mesma, passa a vida a se devotar", diz ela um dia. Na impregnação contínua daquelas tradições alienantes, qualquer individualização viva é esmagada na semente. Ora, não há escândalo pior para Simone de Beauvoir, e é isso que a novela quer mostrar, um escândalo que pode ser qualificado de filosófico, pois atenta contra a condição humana. A afirmação do valor absoluto da subjetividade permanecerá no cerne de seu pensamento e de sua obra, não do indivíduo, simples número em relação a uma amostra, mas da individualidade única que faz de cada um de nós "o mais insubstituível dos seres", segundo expressão de Gide; a existência dessa consciência, aqui e agora. "Amem aquilo que nunca se verá duas vezes." Convicção inabalável, original, que será apoiada na reflexão filosófica: o absoluto se decide aqui embaixo, na terra, durante nossa única e inigualável existência. Entende-se portanto que na história de Zaza o que estava em jogo era algo supremo.

Quais foram os desencadeadores da tragédia? Vários dados se entrelaçam num feixe, e alguns deles saltam aos olhos: sua adoração pela mãe, cuja rejeição a dilacera. Zaza amou apaixonadamente a mãe, com um amor ciumento, infeliz. Seu arroubo colidia com certa frieza desta, cuja segunda filha se sentia afogada na massa da irmandade, uma entre outros. Com habilidade, a senhora Lacoin não se valia da autoridade para reprimir as turbulências dos filhos, deixando-a intacta para maior garantia de seu domínio sobre eles quando o essencial acontecesse. O caminho traçado para as moças leva ao casamento ou ao convento, elas não podem decidir sua sorte segundo seu gosto e seus sentimentos. Cabe à família arranjar as uniões, organizando "entrevistas", selecionando os candidatos segundo seus interesses ideológicos, religiosos, mundanos, financeiros. Cada um se casava em seu próprio meio. Pela primeira vez, aos 15 anos, Zaza se chocou com esses dogmas mortíferos: seu amor pelo primo Bernard foi podado com uma separação brutal; e pela segunda vez, aos 20 anos, ameaçam feri-la. Sua escolha do outsider Pascal Blondel, sua esperança de casar-se com ele, outras tantas extravagâncias suspeitas, seriam inaceitáveis aos olhos do clã. O drama de Zaza é que, no mais profundo de si mesma, um aliado auxilia dissimuladamente o inimigo: ela não tem forças para contestar uma autoridade sagrada e amada, cuja punição a aniquila. Na exata medida em que a censura materna corrói sua confiança em si mesma e seu gosto de viver, ela a interioriza e chega quase a dar razão ao juiz que a condena. A repressão exercida pela senhora Lacoin é paradoxal porque é possível adivinhar uma fissura no bloco de seu conformismo: quando jovem, ela parece ter sido obrigada pela mãe a um casamento que lhe inspirava repulsa. Precisou "adaptar-se" — é aí que aparece a palavra atroz —, renegou-se, e, ao se tornar uma matrona imperial, decidiu reproduzir a engrenagem esmagadora. Que frustração, que ressentimento se escondiam por trás de sua segurança?

A cobertura da religiosidade, ou melhor, do espiritualismo, pesou muito na vida de Zaza. Ela viveu imersa numa atmosfera saturada de religião: oriunda de uma dinastia de católicos militantes, um pai presidente da Liga dos Pais de Famílias Numerosas, uma mãe que ocupa lugar eminente na Paróquia de Santo Tomás de Aquino, um irmão padre e uma irmã freira. Todos os anos a família vai peregrinar em Lourdes. O que Simone de Beauvoir denuncia sob o nome de espiritualismo é a "pureza", a mistificação que consiste em velar com a aura do sobrenatural terreníssimos valores de classe. Evidentemente, os mistificadores são os primeiros mistificados. A referência religiosa automática justifica tudo. "Fomos apenas instrumentos nas mãos de Deus", diz o senhor Gallard após a morte da filha. Zaza foi dobrada porque interiorizou um catolicismo que, para o comum das pessoas, não passa de prática cômoda e formal. Mais uma vez sua qualidade excepcional prestou-lhe um desserviço. Embora tenha posto a nu a hipocrisia, as mentiras, o egoísmo do "moralismo" de seu meio, cujos atos e pensamentos interesseiros e mesquinhos traem constantemente o espírito dos Evangelhos, sua fé, abalada por um momento, persistiu. Mas ela padece de um exílio interior, da incompreensão de seus parentes, do isolamento — ela que nunca é deixada sozinha —, de uma solidão existencial. A autenticidade de suas exigências espirituais só serve para mortificá-la no sentido próprio do termo, para torturá-la, encurralando-a em contradições íntimas. Porque, para ela, a fé não é, como para muitos, uma complacente instrumentalização de Deus, um meio de se legitimar, de se justificar e fugir das responsabilidades, mas sim o questionamento doloroso de um Deus silencioso, obscuro, um Deus oculto. Carrasco de si mesma, ela se dilacera: será preciso obedecer, emburrecer-se, submeter-se, esquecer-se, como repete a mãe? Ou será preciso desobedecer, revoltar-se, reivindicar os dons e os talentos que lhe foram concedidos, como incentiva a amiga? Qual é a vontade de Deus? O que ele espera dela?

A obsessão do pecado minou sua vitalidade. Ao contrário da amiga Sylvie, Andrée/Zaza está bem a par das coisas do sexo. A senhora Gallard, com uma brutalidade quase sádica, preveniu a filha de 15 anos sobre as cruezas do casamento. Não escondeu que a noite de núpcias "é um mau momento que se deve passar". A experiência de Zaza desmentiu esse cinismo: ela conhece a magia da sexualidade, da emoção: os beijos que trocou com o namorado Bernard não eram platônicos. Ridiculariza a futilidade das jovens virgens que a cercam, a hipocrisia dos conservadores, que "purifica", nega ou dissimula a irrupção das necessidades cruas de um corpo vivo. Mas, inversamente, ela se sabe vulnerável à tentação, e sua quente sensualidade, seu temperamento ardente, seu amor carnal pela vida são envenenados por um excesso de escrúpulos: no menor de seus desejos ela suspeita da presença de um pecado, o pecado da carne. O remorso, o medo e a culpa a conturbam, e essa autocondenação reforça nela a tentação à renúncia, o gosto pelo nada e por preocupantes tendências autodestrutivas. Ela acaba por capitular diante da mãe e de Pascal, que a convencem do perigo de longos noivados, e concorda em exilar-se na Inglaterra, embora todo o seu ser se recuse a isso. Esta derradeira e feroz coerção, exercida contra si mesma, precipita a catástrofe. Zaza morreu de todas as contradições que a dilaceravam.

Nesta novela, o papel de Sylvie, a Amiga, consiste apenas em nos fazer entender Andrée. Como bem ressaltou Éliane Lecarme-Tabone, poucas lembranças suas aparecem, nada se sabe de sua vida, de sua luta pessoal, da história agitada de sua emancipação e, sobretudo, do antagonismo fundamental entre intelectuais e conservadores — tema que constitui o eixo de *Memórias de uma moça bem-comportada* e aqui é apenas esboçado. Apesar disso, compreende-se por que ela é malvista no meio de Andrée, sendo mal e mal tolerada. Enquanto os Gallards gozam de situação confortável, sua própria família, inicialmente da boa burguesia, acabou arruinada e decaída após a guerra de 1914. No cotidiano de suas permanências em Béthary não lhe são poupadas humilhações, impingidas com luvas de pelica: aponta-se para seu penteado e para suas roupas, e Andrée, discretamente, pendura um vestido bonito em seu armário. Há algo mais grave: a senhora Gallard desconfia dela, daquela moça transviada que estuda na Sorbonne, que terá uma profissão, ganhará a vida e a independência. A cena pungente na cozinha, em que Sylvie revela a Zaza, que cai das nuvens, o que esta representou no passado para ela — tudo —, marca o ponto em que as relações das duas amigas se invertem. A partir daí, quem amará mais será Zaza. Diante de Sylvie abre-se o infinito do mundo, ao passo que Andrée caminha para a morte. Mas será Sylvie/Simone que ressuscitará Andrée, com ternura e respeito, que a ressuscitará e lhe fará justiça, graças à literatura. Não posso deixar de lembrar que cada uma das quatro partes de *Memórias de uma moça bem-comportada* termina com as seguintes palavras: "Zaza", "eu contaria", "a morte", "sua morte". Simone de Beauvoir se sente culpada, porque em certo sentido sobreviver é uma culpa. Zaza foi o preço (ela chega até a escrever, em notas inéditas, "a hóstia") de sua evasão. Mas, para nós, por acaso sua novela não cumpre a missão quase sagrada que ela confiava às palavras: lutar contra o tempo, lutar contra o esquecimento, lutar contra a morte, "fazer justiça à presença absoluta do instante, à eternidade do instante que terá sido para sempre"?

Sylvie Le Bon de Beauvoir

a Zaza

Se esta noite tenho lágrimas nos olhos, será porque você está morta ou porque estou viva? Eu deveria lhe dedicar esta história: mas sei que você já não está em lugar nenhum, e é por artifício literário que lhe falo aqui. Aliás, isto não é realmente a sua história, mas apenas uma história inspirada em nós. Você não era Andrée, eu não sou esta Sylvie que fala em meu nome.

CAPÍTULO 1

Com 9 anos eu era uma menina muito comportada; nem sempre tinha sido assim; durante minha primeira infância, a tirania dos adultos me punha em transes tão furiosos, que uma de minhas tias declarou um dia, seriamente: "Sylvie está possuída pelo demônio." A guerra e a religião venceram minhas resistências. Imediatamente comecei a demonstrar um patriotismo exemplar, pisoteando um boneco de celuloide "Made in Germany", de que, aliás, eu não gostava. Disseram-me que de meu bom comportamento e de minha devoção dependia a salvação da França por Deus: eu não podia me furtar. Andei pela Basílica de Sacré-Coeur com outras meninas, agitando auriflamas e cantando. Comecei a rezar muitíssimo e tomei gosto por aquilo. O padre Dominique, que era capelão no colégio Adélaïde, encorajou meu fervor. Com vestido de tule e touca de renda da Irlanda na cabeça, fiz minha primeira comunhão: a partir daquele dia puderam me citar como exemplo para minhas irmãzinhas. Obtive do céu que meu pai fosse designado para o Ministério da Guerra, por insuficiência cardíaca.

Naquela manhã, porém, eu estava agitadíssima; era a volta às aulas: tinha pressa de reencontrar o colégio, as aulas solenes como missas, o silêncio dos corredores, o sorriso terno daquelas mulheres; elas usavam saias compridas, decotes fechados, e, desde que uma parte da casa tinha sido transformada em hospital, vestiam-se frequentemente como enfermeiras; sob o véu branco manchado de vermelho, pareciam santas, e eu me comovia quando me apertavam sobre seu peito. Engoli correndo a sopa e o pão preto que tinham substituído o chocolate e os brioches de antes da guerra e esperei com impaciência que mamãe terminasse de vestir minhas irmãs. Nós três usávamos mantôs azul-horizonte, feitos com verdadeiro tecido de oficial do Exército e com o corte exato dos capotes militares.

"Olhem, eles têm até um martingalezinho!", dizia mamãe às amigas admiradas ou espantadas. Saindo do prédio, mamãe pegou as duas pequenas pela mão. Passamos tristes diante do café de La Rotonde, que acabava de se abrir ruidosamente abaixo de nosso apartamento; como dizia papai, era um reduto de derrotistas; essa palavra me intrigava: "São pessoas que acreditam na derrota da França", explicava papai. "Deviam ser todos fuzilados." Eu não entendia. Ninguém crê de propósito naquilo em que crê: alguém pode ser punido porque certas ideias lhe vêm à mente? Os espiões que davam balas venenosas às crianças, os que espetavam as mulheres francesas com agulhas envenenadas no metrô evidentemente mereciam a morte: mas os derrotistas me deixavam perplexa. Eu não tentava interrogar mamãe: ela sempre dava as mesmas respostas de papai.

Minhas irmãzinhas não andavam depressa; a grade do Jardim de Luxemburgo me pareceu interminável. Até que enfim atravessei a porta do colégio, subi as escadas balançando alegremente minha pasta repleta de livros novos, reconheci o leve cheiro de doença que se misturava ao odor de encáustica nos corredores recém-encerados; algumas inspetoras de alunos me beijaram. No vestiário, reencontrei as colegas do ano anterior; não estava apegada a nenhuma delas em especial, mas gostava do barulho que fazíamos todas juntas. Demorei-me no grande hall, diante das vitrines cheias de velhas coisas mortas que acabavam de morrer pela segunda vez: pássaros empalhados perdiam as plumas, plantas secas se esboroavam, conchas desbotavam. O sino tocou, entrei na sala Sainte-Marguerite; todas as salas de aula se pareciam. As alunas sentavam-se em torno de uma mesa oval, coberta de falso couro preto e presidida pela professora; as mães se instalavam atrás de nós e nos vigiavam tricotando balaclavas. Dirigi-me para meu banco e vi que o assento vizinho estava ocupado por uma menina desconhecida: tinha cabelos escuros, rosto magro, e pareceu-me bem mais nova que eu; tinha olhos escuros e brilhantes, que me fixaram com intensidade.

— É você a melhor aluna da classe?

— Sou Sylvie Lepage — eu disse. — Como você se chama?

— Andrée Gallard. Tenho 9 anos; pareço mais nova porque me queimei viva e não cresci muito. Precisei interromper os estudos durante um ano, mas a minha mãe quer que eu compense o atraso. Você poderia me emprestar os cadernos do ano passado?

— Posso — respondi.

A segurança de Andrée, sua fala rápida e precisa me desconcertavam. Ela me examinava com ar desconfiado.

— A menina do lado me contou que você é a melhor aluna — disse ela, apontando Lisette com um leve movimento de cabeça. — É verdade?

— Muitas vezes sou a primeira — eu disse, com modéstia.

Encarei Andrée; seus cabelos pretos caíam lisos em torno do rosto, tinha uma mancha de tinta no queixo. Não é todo dia que se conhece uma menina que se queimou viva, eu gostaria de lhe fazer um monte de perguntas, mas a senhorita Dubois estava entrando na sala, com seu vestido comprido a varrer o soalho; era uma mulher viva e bigoduda, que eu respeitava muito. Sentou-se e começou a chamada. Ergueu os olhos para Andrée.

— Então, minha menina, não estaremos nos sentindo muito intimidadas?

— Não sou tímida, senhorita — disse Andrée com voz pausada, e acrescentou amavelmente: — Aliás, a senhorita não é intimidante.

A senhorita Dubois hesitou por um instante, depois sorriu debaixo do bigode e continuou a chamada.

A saída das aulas se desenrolava segundo um rito imutável; a professora se postava no vão da porta, apertava a mão de cada mãe e dava um beijo na testa de cada criança. Pousou a mão no ombro de Andrée.

— A senhorita nunca esteve em sala de aula?

— Não; sempre estudei em casa, mas agora estou muito grande.

— Espero que siga os passos de sua irmã mais velha — disse a professora.

— Ah! Somos muito diferentes — disse Andrée. — Malou puxou ao papai, adora matemática, já eu prefiro literatura.

Lisette me deu uma cotovelada; não se podia dizer que Andrée fosse impertinente, mas não tinha o tom que se deve ter para falar a uma professora.

— A senhorita sabe onde é a sala de estudos das externas? Se ninguém vier buscá-la logo, é lá que precisa ficar enquanto espera — disse a professora.

— Ninguém vem me buscar, volto sozinha para casa — disse Andrée. E acrescentou prontamente: — Mamãe avisou.

— Sozinha? — disse a senhorita Dubois; deu de ombros.

— Enfim, se sua mãe avisou...

Deu-me um beijo na testa, e eu segui Andrée para o vestiário. Ela vestiu o mantô: um mantô menos original que o meu, mas muito bonito: de ratina vermelha com botões dourados; não era uma menina de rua, como permitiam que saísse sozinha? Será que a mãe dela não sabia do perigo das balas e das agulhas envenenadas?

— Onde mora, minha menina? — perguntou mamãe enquanto descíamos as escadas com minhas irmãzinhas.

— Na rua de Grenelle!

— Pois bem! Vamos acompanhá-la até o boulevard Saint-Germain — disse mamãe. — É nosso caminho.

— Então será um prazer — disse Andrée —, mas não se incomode por mim.

Olhou para mamãe com ar sério.

— Entenda, senhora, somos sete irmãos; mamãe diz que precisamos aprender a nos virar sozinhos.

Mamãe balançou a cabeça, mas era visível que desaprovava.

Assim que chegamos à rua, perguntei a Andrée:

— Como foi que se queimou?

— Cozinhando batatas numa fogueira de acampamento; o meu vestido pegou fogo, e a minha coxa direita se queimou até o osso.

Andrée fez um leve gesto impaciente; aquela história antiga a desagradava.

— Quando vou poder ver seus cadernos? Preciso saber o que estudaram no ano passado. Diga onde mora, e eu irei à sua casa hoje à tarde; ou então amanhã.

Consultei mamãe com o olhar; no Jardim de Luxemburgo, eu era proibida de brincar com meninas que não conhecia.

— Esta semana não é possível — disse mamãe, contrafeita.
— Veremos isso no sábado.
— Está bem; espero até sábado — disse Andrée.

Fiquei a olhá-la atravessar o boulevard, em seu mantô de ratina vermelha; de fato, era muito pequena, mas andava com uma segurança de adulto.

— Seu tio Jacques conhecia alguns Gallard que eram aparentados aos Lavergnes, primos dos Blanchards — disse mamãe com voz sonhadora. — Gostaria de saber se é a mesma família. Mas me parece que gente de bem não deixaria uma menina de 9 anos andando pelas ruas.

Meus pais discutiram muito tempo sobre os diversos ramos das diversas famílias Gallard, de que tinham ouvido falar de alguma maneira. Minha mãe foi pedir informação às mulheres da escola. Os pais de Andrée tinham elos muito vagos com os Gallards de tio Jacques, mas eram pessoas de bem, sem dúvida. O senhor Gallard havia feito Escola Politécnica, gozava de boa situação na Citroën, presidia a Liga dos Pais de Famílias Numerosas; a esposa, nascida Rivière de Bonneuil, pertencia a uma grande dinastia de católicos militantes e era extremamente respeitada pelos paroquianos de Santo Tomás de Aquino. Provavelmente advertida das dúvidas de minha mãe, a senhora Gallard veio buscar Andrée na saída das aulas do sábado seguinte. Era uma bela mulher de olhos escuros, que usava em torno do pescoço um veludo preto fechado por uma joia antiga; conquistou mamãe dizendo que ela se parecia com minha irmã mais velha e chamando-a de "senhorinha". Eu, porém, não gostei de seu colar de veludo.

A senhora Gallard contara de bom grado à mamãe o martírio de Andrée: a carne fendida, as enormes bolhas, os curativos de ambrina, os delírios e a coragem de Andrée; um coleguinha, brincando, dera-lhe um pontapé que reabrira as feridas: foi tão grande seu esforço para não gritar, que ela desmaiou. Quando veio à minha casa olhar os cadernos, considerei-a com respeito; tomava notas com uma caligrafia bonita, já formada, e eu pensava em sua coxa cheia de bolhas debaixo da saia pregueada. Nunca me acontecera algo tão interessante. De repente, eu tinha a impressão de que nunca me acontecera nada em absoluto.

Todas as crianças que eu conhecia me entediavam; mas Andrée me fazia rir, quando passeávamos entre as classes no pátio de recreio; ela imitava com perfeição os gestos bruscos da senhorita Dubois, a voz untuosa da senhorita Vendroux, a diretora; por intermédio da irmã mais velha, ficara sabendo de vários segredinhos da casa: aquelas professoras eram afiliadas à ordem dos jesuítas, usavam risca no cabelo de lado enquanto eram apenas noviças e risca no meio depois que pronunciavam os votos. A senhorita Dubois, que só tinha 30 anos, era a mais nova: fizera o *baccalauréat* no ano anterior; alunas mais antigas tinham-na visto na Sorbonne, enrubescendo e embaraçada pelas saias. Eu me escandalizava um pouco com a irreverência de Andrée, mas a achava engraçada e replicava quando ela improvisava um diálogo entre duas professoras. Suas imitações eram tão bem-feitas que muitas vezes, durante a aula, nós nos cutucávamos ao ver a senhorita Dubois abrir um registro de classe ou fechar um livro; uma vez fui tomada por tamanho ataque de riso que sem dúvida teria sido expulsa da classe, caso o conjunto de meu comportamento não tivesse sempre sido tão edificante.

Nas primeiras vezes em que fui brincar na casa de Andrée, fiquei boquiaberta; além dos irmãos e das irmãs, sempre havia um enxame de primos e amiguinhos na rua de Grenelle; todos corriam, gritavam, cantavam, fantasiavam-se, pulavam sobre as mesas, derrubavam móveis; às vezes Malou, que tinha 15 anos e bancava a importante, intervinha, mas logo se ouvia a voz da senhora Gallard: "Deixe as crianças se divertir." Eu achava espantosa a indiferença dela a machucados, galos, equimoses, pratos quebrados. "Mamãe nunca fica brava", dizia-me Andrée com um sorriso vitorioso. No fim da tarde, a senhora Gallard entrava sorrindo no aposento que nós tínhamos devastado; levantava uma cadeira, enxugava a testa de Andrée: "Está outra vez suando em bicas!" Andrée se achegava a ela e por um instante seu rosto se transformava: eu desviava o olhar com uma perturbação na qual sem dúvida entravam ciúme, talvez inveja e aquela espécie de medo que os mistérios inspiram.

Ensinaram-me que devia amar igualmente papai e mamãe. Andrée não escondia que preferia a mãe ao pai. "Papai é sério demais", disse-me um dia com tranquilidade. O senhor Gallard me deixava desconcertada porque não se parecia com papai. Meu pai nunca ia à missa e sorria quando falavam diante dele dos milagres de Lourdes; eu já o ouvira dizer que só tinha uma religião: o amor à França. Não me incomodava sua falta de religiosidade; mamãe, que era muito devota, parecia achá-la normal; um homem tão superior como papai teria obrigatoriamente relações mais complicadas com Deus do que mulheres e meninas. O senhor Gallard, ao contrário, comungava todo domingo em família, usava barba comprida, lornhões, e nas horas vagas cuidava de obras sociais. Seus cabelos sedosos e suas virtudes cristãs o feminizavam e o rebaixavam a meus olhos. Aliás, ele só era visto em raras circunstâncias. Quem governava a casa era a senhora Gallard. Eu invejava a liberdade que ela dava a Andrée, mas, embora sempre me tratasse com grande afabilidade, não me sentia à vontade em sua presença.

Às vezes Andrée me dizia: "Estou cansada de brincar." Íamos nos sentar no escritório do senhor Gallard, não acendíamos a luz, para não sermos descobertas, e conversávamos: era um prazer novo. Meus pais falavam comigo e eu falava com eles, mas não conversávamos; com Andrée eu tinha verdadeiras conversas, como papai tinha com mamãe à noite. Ela havia lido muitos livros durante a longa convalescença e me causou espanto, porque parecia acreditar que as histórias neles contadas haviam realmente acontecido: detestava Horácio e Polieuto, admirava Dom Quixote e Cyrano de Bergerac, como se tivessem existido em carne e osso. Em relação aos séculos passados também tinha opiniões categóricas. Gostava dos gregos, os romanos a aborreciam; insensível às desventuras de Luís XVII e família, comovia-se com a morte de Napoleão.

Muitas dessas opiniões eram subversivas, mas, em vista de sua pouca idade, a escola as perdoava. "Essa menina tem personalidade", dizia-se no colégio. Andrée ia compensando rapidamente o atraso, eu a superava por pouco nas composições, e ela teve a honra de copiar duas redações suas no Livro de Ouro. Tocava tão bem piano que logo foi colocada na categoria das alunas médias; também começava a ter aulas de violino. Não gostava de costurar, mas tinha jeito; fazia com competência balas de caramelo, biscoitos amanteigados, trufas de chocolate; apesar de franzina, sabia fazer piruetas, espacate e todo tipo de cambalhota. Mas o que aumentava seu prestígio a meus olhos eram certas características singulares cujo sentido nunca conheci: quando via um pêssego ou uma orquídea, ou se simplesmente alguém pronunciasse esses nomes diante dela, Andrée estremecia, seus braços se arrepiavam; então ela manifestava da maneira mais perturbadora o dom que recebera do céu e que me maravilhava: a personalidade. Em segredo, eu me dizia que Andrée era sem dúvida uma dessas crianças-prodígio cuja vida é contada depois em livros.

* * *

A maioria das alunas do colégio saiu de Paris em meados de junho por causa das bombas e da Grande Bertha.

Os Gallards partiram para Lourdes; todos os anos participavam de uma grande peregrinação; os filhos eram padioleiros, as filhas mais velhas lavavam a louça com a mãe nas cozinhas de um asilo; eu me admirava por confiarem a Andrée essas tarefas de adulto e a respeitava ainda mais por isso. No entanto, tinha orgulho da heroica obstinação dos meus pais: ficando em Paris, mostrávamos a nossos valentes soldados que os civis "aguentavam firme". Fiquei sozinha na classe com uma grandalhona idiota de 12 anos e me senti importante. Certa manhã, quando cheguei ao colégio, professoras e alunas estavam refugiados no porão: em casa rimos muito tempo disso. Durante os alertas, não descíamos para o porão; os locatários dos andares superiores vinham se abrigar em nossa casa, dormiam em sofás na antecâmara. Toda aquela agitação me agradava.

Parti para Sadernac no fim de julho com mamãe e minhas irmãs. Meu avô, que se lembrava do cerco de 1871, imaginava que em Paris comíamos ratos: durante dois meses nos empanturrou de frango e *clafoutis*. Eu passava dias felizes. No salão havia uma estante cheia de livros velhos com folhas manchadas de ferrugem; as obras proibidas estavam separadas bem no alto; eu tinha permissão de folhear livremente as das prateleiras inferiores. Lia, brincava com minhas irmãs, passeava. Passeei muito naquele verão. Andava pelos castanhais, ferindo os dedos nas samambaias, ao longo das trilhas, colhia ramalhetes de madressilvas e evônimos, saboreava amoras, medronhos, cornisos, bagas ácidas de uvas-espim, respirava o odor tumultuoso dos trigos-mouriscos em flor, colava-me à terra para surpreender o odor íntimo das urzes. Depois me aventurava no grande prado, ao pé dos choupos-brancos, e abria um romance de Fenimore Cooper. Quando o vento soprava, os choupos murmuravam. O vento me exaltava. Parecia que de uma extremidade da terra à outra as árvores falavam entre si e falavam a Deus; era uma música e uma prece que atravessavam meu coração antes de subirem ao céu.

Meus prazeres eram inúmeros, mas é difícil relatá-los; a Andrée eu enviava apenas breves cartões-postais; ela também não escrevia muito; estava em Landes, com a avó materna, andava a cavalo, divertia-se muito; só voltaria a Paris em meados de outubro. Eu não pensava nela com frequência. Durante as férias, quase nunca pensava em minha vida de Paris.

Derramei algumas lágrimas ao dizer adeus aos choupos: eu estava envelhecendo, tornando-me sentimental. Mas no trem me lembrei de como gostava da volta às aulas. Papai nos esperava na plataforma da estação com sua farda azul-horizonte; dizia que a guerra logo ia acabar. Os livros da escola pareciam ainda mais novos que nos outros anos: eram mais grossos, mais bonitos, estalavam sob os dedos, tinham cheiro bom; nos Jardins de Luxemburgo havia um comovente cheiro de folhas mortas e relva queimada; as mulheres da escola me beijaram com efusão, e meus deveres de férias me valeram enormes elogios; por que me sentia tão infeliz? À noite, depois do jantar, eu ia para a antecâmara, lia ou escrevia histórias num caderno; minhas irmãs dormiam, no fundo do corredor papai lia para mamãe: era um dos melhores momentos do dia. Eu ficava deitada no tapete vermelho sem fazer nada, alheada. Olhava para o armário normando e para o relógio de madeira, esculpido, que encerrava em seu ventre duas pinhas de cobre e as trevas do tempo; na parede abria-se a boca do calorífero: através de sua grade dourada, sentia-se a tepidez de um sopro nauseabundo que subia dos abismos. Toda aquela escuridão e aquelas coisas mudas em torno de mim de repente me deram medo. Eu ouvia a voz de papai; conhecia o título do livro: *Ensaio sobre a desigualdade das raças humanas*, do conde de Gobineau; no ano anterior era *As origens da França contemporânea*, de Taine. No ano seguinte, ele começaria um novo livro, e eu estaria lá outra vez, entre o armário e o relógio. Quantos anos? Quantas noites? Viver era só aquilo, matar um dia após o outro? Eu ia me entediar assim até a morte? Concluí que estava com saudade de Sadernac; antes de pegar no sono, dediquei mais algumas lágrimas aos choupos.

Dois dias depois, percebi a verdade num lampejo. Entrei na sala Saint-Catherine e Andrée sorriu para mim; sorri também e lhe estendi a mão.

— Quando voltou?

— Ontem à noite.

Andrée me olhou com um pouco de malícia.

— Você estava aqui desde o primeiro dia, é claro.

— Estava — eu disse. — Teve boas férias?

— Ótimas, e você?

— Ótimas.

Dizíamos banalidades, como adultas; mas eu compreendia de súbito, com estupor e alegria, que o vazio de meu coração e o sabor tristonho de meus dias só tinham uma causa: a ausência de Andrée. Viver sem ela já não era viver. A senhorita de Villeneuve sentou-se em sua cátedra, e eu repetia para mim mesma: "Sem Andrée já não vivo." Minha alegria transformou-se em angústia: mas então o que seria de mim se ela morresse?, perguntava-me. Eu estaria sentada naquele banco, a diretora entraria e diria com voz grave: "Vamos rezar, minhas filhas, sua coleguinha Andrée Gallard foi chamada para perto de Deus ontem à noite." Pois bem! É simples, decidi, eu escorregaria do banco e cairia morta também. Essa ideia não me amedrontava porque logo nos encontraríamos nas portas do céu.

No dia 11 de novembro se festejou o armistício, as pessoas se abraçavam na rua. Durante quatro anos eu rezara para que aquele grande dia chegasse e dele esperava espantosas metamorfoses; lembranças brumosas voltavam ao meu coração. Papai retomou suas roupas civis, porém nada mais aconteceu; ele falava o tempo todo de certo capital de que os bolcheviques o haviam despojado; aqueles homens longínquos, cujo nome se assemelhava perigosamente ao dos boches, pareciam dotados de terríveis poderes; além disso, Foch se deixara manobrar: teria sido preciso chegar a Berlim. Papai augurava um futuro tão ruim, que não voltou a abrir sua consultoria de negócios; encontrou um posto numa agência de seguros, mas anunciou que era preciso reduzir nosso padrão de vida. Mamãe despediu Élisa, que, aliás, se comportava mal — saía à noite com bombeiros —, e encarregou-se de todo o trabalho doméstico; à noite estava emburrada; papai também; minhas irmãs choravam com frequência. Quanto a mim, não me importava com nada, porque tinha Andrée.

Andrée crescia e se fortalecia; parei de pensar que ela podia morrer; mas outro perigo me ameaçava: o colégio não via nossa amizade com bons olhos. Andrée era uma aluna brilhante, eu só continuava no primeiro lugar porque ela desdenhava ocupá-lo; eu admirava sua desenvoltura sem ser capaz de imitá-la. No entanto, ela perdera os favores daquelas professoras. Era considerada paradoxal, irônica, orgulhosa; censuravam nela o espírito de contradição; nunca conseguiam pegá-la em flagrante delito de insolência porque Andrée tinha muito cuidado em manter distâncias, e isso talvez fosse o que mais as irritava. Marcaram um tento no dia da audição de piano. O salão de festas estava cheio: nas primeiras fileiras, as alunas com seus vestidos mais bonitos, cacheadas, frisadas, com laços nos cabelos; atrás delas, professoras e inspetoras, corpetes de seda e luvas brancas; no fundo, pais e convidados. Andrée, fantasiada de vestido de tafetá azul, executou uma peça que sua mãe achava difícil demais para ela e da qual ela em geral massacrava alguns compassos; eu estava agitada, sentindo que para ela se assestavam todos os olhares mais ou menos malévolos, à medida que ia chegando o trecho espinhoso; ela o tocou sem nenhum erro e, lançando para a mãe um olhar triunfante, mostrou-lhe a língua. Todas as meninas estremeceram debaixo de seus cachos; algumas mães tossiram, escandalizadas; as professoras trocaram olhares; e a diretora ficou muito vermelha. Quando desceu do estrado, Andrée correu para a mãe e a abraçou rindo com tanta alegria, que a senhorita Vendroux não ousou repreendê-la. Mas, poucos dias depois, queixava-se com mamãe da má influência que Andrée exercia sobre mim: conversávamos na aula, ríamos, eu me dispersava; falou em nos separar durante as aulas, e passei uma semana angustiada. A senhora Gallard, que apreciava minha diligência nos estudos, convenceu facilmente mamãe a nos deixar em paz, e, como as duas eram excelentes clientes — mamãe tinha três filhas; a senhora Gallard, seis e muitos contatos —, continuamos sentadas lado a lado, como antes.

Andrée teria ficado triste se fôssemos impedidas de nos ver? Menos que eu, isso é certo. Éramos chamadas de "as duas inseparáveis", e ela me preferia a todas as nossas colegas. Mas me parecia que a adoração que tinha pela mãe empanava todos os outros sentimentos. A família contava muitíssimo para ela, que passava longo tempo divertindo as pequenas gêmeas, dando-lhes banho, vestindo aquelas massas de carne confusa; via algum sentido nos balbucios delas, em suas mímicas hesitantes, mimava as duas com amor. Além disso, havia a música, que ocupava grande espaço em sua vida. Quando se sentava ao piano, quando ajeitava o violino na reentrância do pescoço e ouvia recolhida o canto que nascia de seus dedos, eu tinha a impressão de ouvi-la falar a si mesma; em comparação com aquele longo diálogo que prosseguia secretamente em seu coração, nossas conversas me pareciam bem pueris. Às vezes a senhora Gallard, que tocava piano muito bem, acompanhava a peça que Andrée executava ao violino, e então eu me sentia completamente excluída. Não, para Andrée nossa amizade não tinha a mesma importância que para mim, mas eu a admirava demais para sofrer com isso.

 No ano seguinte meus pais saíram do apartamento do boulevard Montparnasse e mudaram-se para a rua Cassette, numa moradia pequena onde não tive mais um só canto para mim. Andrée convidou-me a estudar na casa dela tantas vezes quantas eu quisesse. Toda vez que eu entrava em seu quarto, ficava tão comovida que tinha vontade de fazer um sinal da cruz. Havia acima da cama um crucifixo feito de buxo, diante de uma santa Ana de Leonardo da Vinci; sobre a lareira, um retrato da senhora Gallard e uma fotografia do castelo de Béthary; em prateleiras, a biblioteca pessoal de Andrée: *Dom Quixote, As viagens de Gulliver, Eugénie Grandet*, o romance de *Tristão e Isolda*, de que ela sabia muitos trechos de cor; em geral, gostava de livros realistas ou satíricos, e sua predileção por essa epopeia amorosa me desconcertava. Eu interrogava ansiosamente as paredes e os objetos que cercavam Andrée. Gostaria de entender o que ela dizia a si mesma quando passeava o arco sobre as cordas do violino. Gostaria de saber por que, com tantas afeições no coração, tantas ocupações, tantos dons, ela muitas vezes tinha um ar distante e me parecia melancólica. Era muito religiosa. Quando eu ia rezar na capela, ocorria-me encontrá-la de joelhos ao pé do altar, com a cabeça nas mãos ou com os braços estendidos diante de uma estação da *via crucis*. Por acaso pensava em se tornar freira no futuro? Contudo, não abria mão de sua liberdade e das alegrias deste mundo. Seus olhos brilhavam quando me contava as férias: passava horas galopando pelas florestas de pinheiros, cujos ramos baixos lhe arranhavam o rosto, nadava nas águas mortas das lagoas, nas águas vivas do Adour. Seria com esse paraíso que ela sonhava quando ficava imóvel diante dos cadernos, com o olhar perdido? Um dia percebeu que eu a observava e riu embaraçada.

— Acha que estou perdendo tempo?
— Eu? De jeito nenhum!

Andrée me examinou com expressão meio marota.
— A você nunca acontece sonhar com coisas?
— Não — respondi com humildade.

Com que eu sonharia? Amava Andrée acima de tudo, e ela estava perto de mim.

Eu não sonhava, sempre sabia minhas lições, interessava-me por tudo; Andrée zombava um pouco de mim; zombava em maior ou menor grau de todo mundo; eu aceitava suas brincadeiras com bom humor. Uma vez, porém, elas me feriram profundamente. Naquele ano, excepcionalmente, passei os feriados da Páscoa em Sadernac. Descobri a primavera e fiquei encantada. Sentei-me a uma mesa de jardim, diante do papel em branco, e durante duas horas descrevi para Andrée a relva nova salpicada de prímulas e primaveras, o cheiro das glicínias, o azul do céu e as grandes emoções de minha alma. Ela não respondeu. Quando a reencontrei no vestiário do colégio, perguntei em tom de repreensão:

— Por que não me escreveu? Não recebeu a minha carta?

— Recebi — disse Andrée.

— Então você é uma grandíssima preguiçosa! — eu disse.

Andrée começou a rir.

— Achei que você tinha me mandado um dever de férias por engano...

Senti que enrubesci.

— Um dever?

— Que é isso, você não redigiu toda aquela literatura só para mim! — disse Andrée. — Tenho certeza de que é o rascunho de uma redação: "Descreva a primavera."

— Não — respondi. — Decerto era má literatura, mas escrevi aquela carta apenas para você.

As meninas Boulards estavam se aproximando, curiosas e tagarelas, e a conversa parou por aí. Mas na classe me embrulhei na análise de texto latino. Andrée tinha achado minha carta ridícula, aquilo me fazia sofrer; o pior, porém, era que ela nem desconfiava de como eu precisava compartilhar tudo com ela; era isso que me deixava mais acabrunhada: ela ignorava absolutamente, eu acabava de perceber, os sentimentos que eu nutria por ela.

Saímos juntas do colégio; mamãe já não me acompanhava, e em geral eu voltava com Andrée; de repente ela pegou meu cotovelo: era um gesto incomum, nós sempre nos mantínhamos a distância.

— Sylvie, lamento muito o que falei naquela hora — disse ela com emoção. — Foi pura maldade: sei muito bem que a sua carta não era um dever de férias.

— Imagino que ela era ridícula — eu disse.

— Nada disso! A verdade é que eu estava com um humor horroroso no dia em que a recebi, e você parecia tão radiante!

— Por que estava de mau humor? — perguntei.

Andrée ficou por um momento em silêncio.

— Assim, por nada; por tudo.

Hesitou.

— Estou cansada de ser criança — disse bruscamente. — Você não acha que isso não acaba nunca?

Olhei para ela com espanto; Andrée era bem mais livre que eu; e, embora eu não vivesse numa casa alegre, não desejava de modo algum envelhecer. A ideia de que já tinha 13 anos me apavorava.

— Não — respondi. — A vida dos adultos me parece tão monótona; todos os dias são iguais, não se aprende mais nada...

— Ah! Não é só estudo que conta na vida — disse Andrée com impaciência.

Gostaria de ter protestado: "Não há só estudos, há você." Mas mudamos de assunto. Eu pensava com tristeza: nos livros as pessoas se fazem declarações de amor, de ódio, ousam contar tudo o que têm no coração; por que isso é impossível na vida? Eu andaria dois dias e duas noites sem comer nem beber para ver Andrée uma única hora, para lhe poupar alguma dor: e ela não sabe disso!

Durante vários dias ruminei tristemente esses pensamentos e tive um lampejo: faria um presente de aniversário para Andrée.

Os pais são imprevisíveis; mamãe em princípio costumava achar absurdas as minhas iniciativas; a ideia do presente foi acolhida. Usando como base um molde da revista *La Mode pratique*, resolvi fazer uma bolsa que seria o máximo do luxo. Escolhi uma seda vermelha e azul, com brocado de ouro, grossa e cintilante, que me parecia bonita como um conto de fadas. Montei-a sobre uma armação de entretela que eu mesma confeccionei. Eu detestava costurar, mas me apliquei tanto que, depois de terminada, a bolsinha tinha uma aparência realmente bonita, com seu forro de cetim cereja, suas sanfonas laterais. Embrulhei em papel de seda, acomodei numa caixa de papelão e amarrei com uma fita. No dia em que Andrée fez 13 anos, mamãe foi comigo à festinha de aniversário; já havia bastante gente, e me senti intimidada quando entreguei a caixa a Andrée.

— É de aniversário — eu disse.

Ela me olhou com surpresa, e acrescentei:

— Eu mesma fiz.

Ela desembrulhou a bolsinha rutilante, e um pouco de sangue lhe subiu às faces.

— Sylvie! É uma maravilha! Como você é gentil!

Tive a impressão de que, se nossas mães não estivessem ali, ela teria me dado um beijo.

— Agradeça também à senhora Lepage — disse a senhora Gallard com sua voz afável. — Porque certamente foi ela que teve todo o trabalho...

— Obrigada, minha senhora — disse Andrée brevemente. E de novo sorriu para mim com ar comovido. Enquanto mamãe protestava ligeiramente, senti um choque no estômago. Tinha acabado de perceber que a senhora Gallard havia deixado de gostar de mim.

* * *

Hoje admiro a perspicácia daquela mulher vigilante: o fato é que eu estava mudando. Começava a achar nossas professoras muito tolas, divertia-me fazendo-lhes perguntas embaraçosas, enfrentava-as, recebia suas observações com impertinência. Mamãe me repreendia um pouco, mas papai, quando eu contava meus desacordos com aquelas mulheres, ria; aquele riso me livrava de escrúpulos; por outro lado, não imaginei nem por um instante que Deus pudesse se ofender com as minhas insolências. Quando me confessava, não me preocupava com criancices. Comungava várias vezes por semana, e o padre Dominique incentivava-me a trilhar o caminho da contemplação mística: minha vida profana nada tinha a ver com aquela aventura sagrada. Os pecados de que me recriminava diziam respeito principalmente a meus estados de alma: tivera pouco fervor, esquecera por tempo demais a presença divina, rezara distraidamente, pensara em mim com excessiva complacência. Tinha acabado de expor essas faltas quando ouvi através do ralo a voz do padre Dominique.

— Só isso mesmo?

Fiquei paralisada.

— Ouvi dizer que minha pequena Sylvie não é a mesma de antes — disse a voz. — Parece que ela ficou dispersa, desobediente, insolente.

Minhas faces ficaram em brasa e eu não consegui articular nenhuma palavra.

— A partir de hoje vai ser preciso tomar cuidado com essas coisas — continuou a voz. — Vamos conversar sobre isso.

Padre Dominique deu-me a absolvição e eu saí do confessionário com o rosto afogueado; fugi da capela sem fazer a penitência. Estava muito mais perturbada do que no dia em que, no metrô, um homem havia entreaberto o sobretudo para me mostrar uma coisa rosada.

Durante oito anos eu me ajoelhara diante do padre Dominique como se me ajoelhasse diante de Deus, e ele não passava de um velhote mexeriqueiro que ficava batendo papo com aquelas mulheres e levava a sério as maledicências delas. Sentia-me envergonhada por lhe ter aberto minha alma: ele me traíra. A partir de então, quando avistava sua batina preta em algum corredor, eu enrubescia e fugia.

Durante o final do ano e no ano seguinte, confessei-me com vigários de Saint-Sulpice; trocava com frequência de confessor. Continuei rezando e meditando, mas durante as férias a luz se fez em mim. Ainda gostava de Sadernac e, como antes, passeava bastante; mas agora as amoras e as avelãs das sebes me aborreciam, eu tinha vontade de saborear o leite das euforbias, morder as bagas venenosas, cor de zarcão, que têm o belo e enigmático nome de selo-de-salomão. Fazia um monte de coisas proibidas: comia maçãs entre as refeições, pegava escondida os romances de Alexandre Dumas nas prateleiras superiores da estante; mantinha conversas instrutivas sobre o mistério do nascimento das crianças com a filha de um meeiro; à noite, na cama, inventava histórias loucas que me deixavam num estado muito louco. Certa noite, deitada num prado molhado, diante da lua, pensei: "São pecados!" Mesmo assim, estava firmemente decidida a continuar comendo, lendo, falando, sonhando como bem me desse na cabeça. "Não acredito em Deus!", pensei. Como acreditar em Deus e escolher deliberadamente desobedecer-lhe? Fiquei atordoada por um momento com essa evidência: eu não acreditava.

Papai e os escritores que eu admirava também não acreditavam; é certo que o mundo não se explicava sem Deus, mas Deus não explicava grande coisa, e, de qualquer modo, a gente não entendia nada. Acomodei-me facilmente ao meu novo estado. No entanto, quando me vi em Paris, fui tomada pelo pânico. Não podemos nos impedir de pensar o que pensamos, porém outrora papai falava em fuzilar os derrotistas, e um ano antes uma aluna mais velha tinha sido expulsa do colégio porque, murmurava-se, perdera a fé. Eu precisava ter o cuidado de esconder minha desgraça; de madrugada, acordava suando ao imaginar que Andrée pudesse desconfiar disso.

Felizmente nunca falávamos de sexualidade nem de religião. Muitos outros problemas tinham começado a nos preocupar. Estávamos estudando a Revolução Francesa; admirávamos Camille Desmoulins, Madame Roland e até Danton. Discutíamos sem parar justiça, igualdade, propriedade. Nesses assuntos, a opinião daquelas professoras equivalia a zero, e nossos pais tinham ideias retrógradas que já não nos satisfaziam. Meu pai gostava de ler *L'Action française*. O senhor Gallard era mais democrata, na juventude se interessara por Marc Sangnier; mas já não era jovem e explicava a Andrée que todo e qualquer socialismo provoca necessariamente um nivelamento por baixo e a abolição dos valores espirituais. Não nos convencia, mas alguns de seus argumentos nos inquietavam. Tentamos discutir com as amigas de Malou, moças mais velhas que, sobre essas coisas, deveriam saber mais que nós; mas elas pensavam como o senhor Gallard, e essas questões despertavam pouco interesse nelas. Preferiam falar de música, pintura, literatura; bobamente, aliás. Malou, quando recebia amigas, frequentemente pedia que servíssemos o chá, mas percebia que tínhamos pouco apreço por suas convidadas e, por represália, tentava mostrar-se superior a Andrée. Certa tarde, Isabelle Barrière, que nutria uma paixão platônica pelo professor de piano — homem casado e pai de três filhos — orientou a conversa para os romances de amor; uma a uma, Malou, a prima Guite e as irmãs Gosselin indicaram suas preferências.

— E você, Andrée? — perguntou Isabelle.

— Romance de amor me deixa entediada — disse Andrée, taxativa.

— Que é isso! — disse Malou. — Todo mundo sabe que você conhece *Tristão e Isolda* de cor.

Acrescentou que não gostava daquela história; Isabelle gostava e declarou, sonhadora, que achava bem comovente aquela epopeia do amor platônico. Andrée deu uma gargalhada.

— Platônico o amor de Tristão e Isolda! Não, não tem nada de platônico.

Houve um silêncio constrangido, e Guite disse com voz seca:

— As meninas não deveriam falar do que não entendem.

Andrée riu de novo e nada respondeu. Olhei para ela perplexa. O que teria desejado dizer exatamente? Eu só concebia um amor: o que sentia por ela.

— Pobre Isabelle! — disse Andrée quando voltamos para seu quarto. — Vai precisar esquecer o seu Tristão: está quase noiva de um careca horroroso.

E escarneceu:

— Espero que ela acredite no amor fulminante sacramental.

— O que é isso?

— Minha tia Louise, mãe de Guite, afirma que os noivos, no momento em que pronunciam o sim sacramental, são atingidos pelo raio fulminante do amor. Você entende, para as mães essa teoria é cômoda; elas não precisam cuidar dos sentimentos das filhas: Deus proverá.

— Ninguém pode acreditar nisso de verdade — eu disse.

— Guite acredita.

Andrée calou-se.

— Mamãe não chega a esse ponto, claro — continuou.

— Mas diz que depois que a gente se casa recebe graças.

Lançou um olhar para o retrato da mãe.

— Mamãe foi muito feliz com papai — disse com voz indecisa. — No entanto, se a minha avó não tivesse forçado, ela não teria se casado com ele. Recusou duas vezes.

Olhei a foto da senhora Gallard; era estranho pensar que ela já tivera um coração de moça.

— Recusou!

— Sim. Papai parecia austero demais para ela. Ele, sim, gostava dela, não desanimou. E durante o noivado ela começou a gostar dele também — acrescentou Andrée sem convicção.

Por um momento meditamos em silêncio.

— Não deve ser bom viver da manhã à noite com alguém que a gente não ama — eu disse.

— Deve ser horrível — disse Andrée.

Estremeceu, como se tivesse visto uma orquídea; seus braços se arrepiaram.

— No catecismo nos ensinam que devemos respeitar nosso corpo; então, vender-se no casamento é tão ruim quanto se vender fora dele — disse.

— A gente não tem obrigação de se casar — falei.

— Eu vou me casar — disse Andrée —, mas não antes dos 22 anos.

Pôs sobre a mesa, bruscamente, nossa coletânea de textos latinos.

— E se estudássemos? — disse ela.

Sentei-me ao lado dela e nos absorvemos na tradução da Batalha de Trasimeno.

Nunca mais servimos chá às amigas de Malou. Para responder às indagações que nos preocupavam, sem a menor dúvida precisávamos contar apenas com nossos próprios recursos. Nunca discutimos tanto quanto naquele ano. E, apesar daquele segredo que eu não compartilhava com ela, nunca nossa intimidade tinha sido tão estreita. Tivemos permissão de ir juntas ao Odéon ver os clássicos. Descobríamos a literatura romântica: eu me entusiasmava com Victor Hugo, Andrée preferia Musset, nós duas admirávamos Vigny. Começávamos a fazer projetos de futuro. Estava certo que, depois do *baccalauréat*, eu continuaria os estudos; Andrée tinha esperanças de que também a autorizassem a estudar na Sorbonne. No fim do trimestre, tive a maior alegria da infância: a senhora Gallard me convidou inopinadamente a passar duas semanas em Béthary, e mamãe concordou.

Eu achava que Andrée estaria me esperando na estação; fiquei surpresa quando, ao descer do trem, vi a senhora Gallard. Estava com um vestido preto e branco, um grande chapéu de palha preto ornado de margaridas, uma fita de *faille* branco ao redor do pescoço. Aproximou os lábios de minha testa sem os pousar completamente.

— Fez boa viagem, minha pequena Sylvie?

— Muito boa, senhora, mas temo estar coberta de carvão — acrescentei.

Na presença da senhora Gallard eu me sentia sempre vagamente culpada; minhas mãos estavam sujas, meu rosto provavelmente também; mas ela não pareceu se preocupar com isso; tinha um ar distraído; endereçou um sorriso maquinal ao empregado da estação e dirigiu-se para uma charrete à qual estava atrelado um cavalo baio; soltou as rédeas que estavam enroladas em um mourão e montou com vivacidade no veículo.

— Suba.

Sentei-me a seu lado; ela deixava frouxas as rédeas que segurava com as mãos enluvadas.

— Gostaria de lhe falar antes que se encontre com Andrée — disse sem me olhar.

Fiquei tensa. Que recomendações iria me fazer? Teria adivinhado que eu já não acreditava em Deus? Mas, nesse caso, por que me convidar?

— Andrée está com problemas, preciso de sua ajuda.

Repeti estupidamente:

— Andrée está com problemas?

O fato de a senhora Gallard falar, de repente, comigo como adulta me deixava contrafeita, e havia ali algo suspeito. Ela deu um puxão nas rédeas e estalou a língua; o cavalo começou a andar a trote lento.

— Andrée nunca lhe falou do namoradinho Bernard?

— Não.

A charrete entrou por um caminho empoeirado, orlado de acácias-bastardas. A senhora Gallard ficou algum tempo calada. Por fim disse:

— O pai de Bernard é dono da propriedade que limita com a de minha mãe. Ele descende de uma daquelas famílias bascas que fizeram fortuna na Argentina; é lá que vive a maior parte do tempo, com a mulher e os outros filhos. Mas Bernard era frágil, não se dava bem com o clima; passou aqui toda a infância com uma velha tia e preceptores.

A senhora Gallard voltou o rosto para mim.

— Sabe, depois do acidente, Andrée passou um ano em Béthary, deitada numa tábua; Bernard vinha todos os dias brincar com ela; ela estava sozinha, sofrendo, entediada; além disso, na idade que tinham, aquilo era uma coisa sem importância — disse ela num tom de desculpas que me desconcertou.

— Andrée não me falou de nada disso — respondi.

Minha garganta estava apertada, eu tinha vontade de pular da charrete, fugir, tal como um dia havia fugido do confessionário e do padre Dominique.

— Eles se reencontraram todos os verões, cavalgavam juntos, ainda eram apenas crianças. Só que cresceram. A senhora Gallard buscou meu olhar; havia certa súplica em seus olhos.

— Veja bem, Sylvie, nem pensar em Bernard e Andrée se casarem um dia; o pai de Bernard também se opõe. Então precisei proibir Andrée de se encontrar com ele.

Balbuciei a esmo:

— Entendo.

— Ela reagiu muito mal a tudo — disse a senhora Gallard.

De novo me lançou um olhar ao mesmo tempo desconfiado e suplicante.

— Conto muito com a senhorita.

— O que posso fazer? — perguntei.

As palavras saíam de minha boca, mas não tinham sentido algum, e eu não entendia as que me entravam pelos ouvidos; minha cabeça estava cheia de ruídos e trevas.

— Distraí-la, falar com ela sobre coisas que a interessem. Além disso, se tiver oportunidade, chame-a à razão. Tenho medo de que ela fique doente. Atualmente não posso lhe dizer nada — acrescentou a senhora Gallard.

Ela estava visivelmente preocupada e triste, mas não me impressionei com isso; ao contrário, naquele momento a detestei. Murmurei, relutante:

— Vou tentar.

O cavalo seguiu trotando por uma avenida orlada de robles-americanos e parou diante de uma grande mansão de muros cobertos de hera-da-china; eu tinha visto uma fotografia na lareira de Andrée. Sabia agora por que ela gostava de Béthary e dos passeios a cavalo; sabia no que ela pensava quando seu olhar se velava.

— Bom dia!

Andrée desceu sorrindo os degraus da entrada; estava de vestido branco, com um colar verde; seus cabelos cortados brilhavam como um capacete; tinha jeito de moça de verdade, e de repente me dei conta de que era muito bonita: ideia incongruente, pois não atribuíamos muita importância à beleza.

— Acho que Sylvie tem vontade de dar um jeitinho na toalete; depois vocês descem para jantar — disse a senhora Gallard.

Segui Andrée através de um vestíbulo que cheirava a creme com caramelo, cera fresca e celeiro velho; rolinhas arrulhavam; alguém tocava piano. Subimos uma escada e Andrée empurrou uma porta.

— Mamãe instalou você no meu quarto — disse.

Havia um grande leito com baldaquino, colunas torsas e, no outro extremo do aposento, um divã estreito. Como me deixaria feliz, uma hora antes, a ideia de ficar no mesmo quarto que Andrée! Mas entrei de coração apertado; a senhora Gallard me usava. Para conseguir ser perdoada? Para distrair Andrée? Para vigiá-la? Qual exatamente era seu medo?

Andrée aproximou-se da janela.

— Quando o tempo está claro, a gente enxerga os Pirineus daqui — disse com indiferença.

Anoitecia, o tempo não estava claro. Lavei-me e penteei-me, contando minha viagem, sem convicção: subira num

trem sozinha pela primeira vez, era uma aventura; mas não achava nada mais para dizer sobre isso.
— Você deveria cortar o cabelo — disse Andrée.
— Mamãe não quer — respondi.
Mamãe achava que cabelo curto era vulgar, e eu o prendia na nuca com um coque sem graça.
— Vamos descer, vou lhe mostrar a biblioteca — disse Andrée.
O piano continuava tocando, e algumas crianças cantavam; a casa estava cheia de barulhos: barulho de louça remexida, barulho de passos. Entrei na biblioteca: a coleção completa da *Revue des Deux Mondes*, desde o primeiro número, obras de Louis Veuillot, de Montalembert, os sermões de Lacordaire, os discursos do conde de Mun, toda a obra de Joseph de Maistre; nas mesinhas, retratos de homens de suíças e velhos barbudos; eram os antepassados de Andrée — todos tinham sido católicos militantes.

Apesar de mortos, era possível senti-los ali, e, entre aqueles senhores austeros, Andrée parecia deslocada: jovem demais, frágil demais e, sobretudo, viva demais.
Uma sineta tocou, e passamos à sala de jantar. Como eram numerosos! Eu os conhecia todos, com exceção da avó; debaixo de seus cabelos brancos, tinha um rosto clássico de avó, não pensei nada de especial. O irmão mais velho vestia batina, tinha acabado de entrar no seminário. Levava adiante, com Malou e o senhor Gallard, uma discussão que parecia crônica sobre o sufrágio feminino; sim, era escandaloso que uma mãe de família tivesse menos direitos que um operário bêbado, mas o senhor Gallard objetava que, entre os operá-

rios, as mulheres são mais vermelhas que os homens; afinal de contas, se a lei fosse aprovada, seria útil aos inimigos da Igreja. Andrée não dizia nada. Na ponta da mesa, as gêmeas se bombardeavam com bolinhas de pão; a senhora Gallard as deixava brincar, sorrindo. Pela primeira vez percebi com clareza que aquele sorriso escondia uma armadilha. Muitas vezes eu tinha invejado a independência de Andrée; de repente, ela me pareceu muito menos livre que eu. Havia aquele passado atrás dela; ao redor, aquela grande casa, aquela vasta família: uma prisão, cujas saídas eram cuidadosamente guardadas.

— E então? O que acha de nós? — perguntou Malou sem rodeios.

— Eu? Nada, por quê?

— Seu olhar fez o giro da mesa; você estava pensando alguma coisa.

— Que vocês são muitos, só isso — respondi.

Concluí que precisava aprender a vigiar meu rosto.

Quando nos levantamos da mesa, a senhora Gallard disse a Andrée:

— Você deveria mostrar o parque a Sylvie.

— Sim — disse Andrée.

— Peguem os casacos, a noite está fresca.

No vestíbulo, Andrée tirou do gancho duas capas impermeáveis. As rolinhas dormiam. Saímos pela porta dos fundos, que dava para as casas dos empregados. Entre a cocheira e o depósito de lenha, um cão pastor forçava a corrente, gemendo. Andrée aproximou-se da casinha.

— Venha, minha pobre Mirza, vamos passear — disse.

Soltou o animal, que pulou alegre para cima dela e saiu à nossa frente, correndo.

— Você acha que animais têm alma? — indagou Andrée.
— Não sei.
— Se não tiverem, é injusto! Eles são tão infelizes quanto as pessoas. E não entendem por quê — acrescentou. — É pior quando não se entende.

Não respondi nada. Eu tinha esperado tanto aquela noite! Achava que finalmente estaria no coração da vida de Andrée; e ela nunca tinha me parecido tão distante: já não era a mesma Andrée desde que seu segredo tinha nome. Seguimos em silêncio por aleias malcuidadas onde cresciam malvas e centáureas. O parque estava cheio de árvores e flores bonitas.

— Vamos nos sentar aqui — disse Andrée, apontando um banco ao pé de um cedro-do-líbano.

Tirou da bolsa um maço de cigarros.
— Não quer um?
— Não — eu disse. — Desde quando fuma?
— Mamãe proíbe; mas, quando se começa a desobedecer...

Acendeu um, soprando a fumaça para os olhos. Criei coragem.
— Andrée, o que está acontecendo? Diga.
— Imagino que mamãe tenha posto você a par — disse Andrée. — Ela fez questão de ir buscá-la...
— Ela me falou de seu amigo Bernard. Você nunca me disse nada a respeito.
— Eu não podia falar de Bernard — disse Andrée, e sua mão esquerda se abriu e se fechou numa espécie de espasmo. — Agora a história é pública.

— Não vamos falar disso, se não quiser — eu disse imediatamente.

Andrée me olhou.

— Você é diferente; para você eu quero contar.

Aspirou com aplicação um pouco de fumaça.

— O que a minha mãe lhe disse?

— Falou do modo como você se tornou amiga de Bernard, e disse que proibiu de se encontrarem.

— Proibiu — disse Andrée.

Jogou o cigarro e o esmagou com o salto do sapato.

— Na noite em que cheguei, fui passear com Bernard, depois do jantar; voltei para casa tarde. Mamãe estava esperando, percebi imediatamente sua fisionomia estranha; fez um monte de perguntas.

Andrée deu de ombros e disse com voz irritada:

— Perguntou se tínhamos nos beijado! Claro que nos beijávamos! Nós nos amamos.

Abaixei a cabeça. Andrée estava infeliz, e essa ideia me era insuportável; mas sua infelicidade me era estranha: os amores em que as pessoas se beijam não tinham verdade para mim.

— Mamãe me disse coisas horríveis — continuou Andrée.

Apertou o impermeável em torno do corpo.

— Mas por quê?

— Os pais dele são muito mais ricos que nós, mas não são do nosso meio, de jeito nenhum. Parece que lá no Rio eles levam uma vida estranha, desregrada — disse Andrée com ar puritano.

Depois acrescentou num murmúrio:
— E a mãe de Bernard é judia.

Olhei para Mirza, imóvel no meio da grama, com as orelhas apontadas para as estrelas: tanto quanto ela, eu não era capaz de traduzir em palavras o que sentia.

— E aí? — perguntei.

— Mamãe foi falar com o pai de Bernard; ele concordou plenamente: não sou um bom partido. Decidiu levar Bernard para passar férias em Biarritz e depois vão embarcar para a Argentina. Bernard está muito bem de saúde agora.

— Já foi embora?

— Foi; mamãe me proibiu de me despedir dele, mas desobedeci. Você não pode imaginar — acrescentou. — Não há nada mais horrível do que causar sofrimento em alguém que amamos.

Sua voz tremia.

— Ele chorou; como chorou!

— Que idade tem? — perguntei. — Como ele é?

— Tem 15 anos, como eu. Mas não conhece nada da vida — disse Andrée. — Ninguém nunca se preocupou com ele, só tinha a mim.

Remexeu na bolsa.

— Tenho uma foto dele.

Olhei o rapazinho desconhecido que amava Andrée, que ela beijava, que havia chorado tanto. Tinha grandes olhos claros, pálpebras caídas, cabelos escuros cortados em franja: parecia com são Tarcísio mártir.

— Ele tem olhos e feições de menino — disse Andrée.

— Mas veja como a boca é triste: tem jeito de quem pede desculpas por estar no mundo.

* * *

Ela apoiou a cabeça no encosto do banco e olhou para o céu.

— Às vezes acho que preferia que ele tivesse morrido; pelo menos eu seria a única a sofrer.

De novo sua mão se crispou.

— Não consigo suportar a ideia de que ele está chorando neste momento.

— Vocês vão se reencontrar! — eu disse. — Se os dois se amam, vão se reencontrar! Um dia serão maiores de idade.

— Daqui a seis anos; é tempo demais. Na nossa idade é demais. Não — disse Andrée com desespero —, sei muito bem que nunca mais vou revê-lo.

Nunca! Era a primeira vez que essa palavra caía com todo o seu peso em meu coração; eu a repetia no íntimo, debaixo do céu que não acabava, e tive vontade de gritar.

— Quando voltei para casa, depois de nos despedirmos — disse Andrée —, subi no teto; tinha vontade de pular.

— Queria se matar?

— Fiquei duas horas lá em cima; hesitei durante duas horas. Dizia que pouco me importava ser condenada ao inferno. Se Deus não é bom, não faço questão de ir para o céu dele.

Deu de ombros.

— De qualquer modo, tive medo. Ah! Não de morrer; ao contrário, gostaria tanto de estar morta, mas medo do inferno. Se eu for para o inferno, acabou para toda a eternidade, nunca mais vou rever Bernard.

— Vai rever neste mundo! — afirmei.

Andrée balançou a cabeça.

— Acabou.

Levantou-se bruscamente.
— Vamos entrar. Estou com frio.
Atravessamos o gramado em silêncio. Andrée prendeu Mirza e subimos para nosso quarto. Deitei-me sob o baldaquino, e ela no sofá-cama. Apagou o abajur.
— Não contei a mamãe que tinha me reencontrado com Bernard — disse. — Não quero ouvir as coisas que ela diria.
Hesitei. Não gostava da senhora Gallard, mas precisava contar a verdade a Andrée.
— Ela anda muito preocupada com você.
— Sim, imagino que esteja preocupada — respondeu Andrée.

* * *

Andrée não fez mais alusão a Bernard nos dias seguintes, e eu não ousei puxar o assunto. De manhã, ela passava muito tempo tocando violino, quase sempre peças tristes. Depois saíamos ao sol. Aquela região era mais seca que a minha, e conheci ao longo dos caminhos empoeirados o cheiro áspero da figueira; na floresta, conheci o gosto dos pinhões, suguei as lágrimas resinosas coaguladas no tronco dos pinheiros. Ao voltarmos dos passeios, Andrée entrava no estábulo, acariciava seu cavalinho alazão, mas nunca montava.

Nossas tardes eram menos calmas. A senhora Gallard tinha decidido casar Malou e, para camuflar as visitas dos rapazes até certo ponto desconhecidos, abria as portas da casa para a juventude "de bem" das imediações. Jogávamos *croquet*, tênis, dançávamos no gramado, falávamos banalidades comendo bolos. Um dia, Malou desceu do quarto com um vestido de xantungue cru, cabelos recém-lavados e frisados com ferro; Andrée me cutucou e disse:

— Está em trajes de entrevista.

Malou passou a tarde ao lado de um rapaz de Saint-Cyr que era muito feio, não jogava tênis, não dançava, não falava: de vez em quando recolhia nossas bolas. Depois que foi embora, a senhora Gallard fechou-se na biblioteca com a filha mais velha; a janela estava aberta, e ouvimos a voz de Malou: "Não, mamãe, esse aí não, é maçante demais!"

— Pobre Malou! — disse Andrée. — Todos os sujeitos que lhe apresentam são tão burros e tão feios!

Sentou-se no balanço; ao lado da cocheira havia uma espécie de ginásio ao ar livre; Andrée frequentemente fazia exercícios no trapézio e na barra fixa; era muito boa nisso. Segurou-se nas cordas.

— Empurre.

Empurrei; quando ganhou algum impulso, ficou de pé e deu um vigoroso empurrão com as pernas; logo o balanço voou em direção à copa das árvores.

— Não tão alto! — gritei.

Ela não respondeu; voava, baixava e voava mais alto ainda. As duas gêmeas, que estavam brincando com a serragem do depósito de lenha, ao lado da casinha do cachorro, ergueram a cabeça, interessadas; ao longe, ouviam-se as batidas surdas das bolas nas raquetes. Andrée roçava a folhagem dos bordos, e eu começava a sentir medo: ouvia o gemido dos ganchos de aço.

— Andrée!

Toda a casa estava calma; pelo respiradouro, subia da cozinha um vago rumor. Os delfínios e as lunárias que orlavam o muro mal estremeciam. Mas eu tinha medo. Não ousava me agarrar à tábua nem suplicar em voz alta, mas achava que o balanço viraria ou então que Andrée sentiria vertigem, largaria as cordas; só me restava olhá-la oscilar do céu ao céu como um pêndulo desgovernado; senti náusea. Por que ela se balançava por tanto tempo? Quando passava perto de mim, ereta em seu vestido branco, tinha os olhos fixos, os lábios apertados. Talvez alguma coisa tivesse se descontrolado em sua cabeça, ela já não conseguia parar. A sineta do jantar soou e Mirza começou a uivar. Andrée continuava voando entre as árvores. "Vai se matar", pensava eu.

— Andrée!

Outra pessoa tinha gritado. A senhora Gallard se aproximava, com o rosto crispado de cólera.

— Desça daí imediatamente! É uma ordem. Desça!

Andrée piscou várias vezes e baixou os olhos para o chão; agachou-se, sentou-se e, com os dois pés, freou o balanço tão bruscamente que caiu estatelada no gramado.

— Você se machucou?

— Não.

Começou a rir, o riso acabou num soluço, e ela ficou estendida no chão, de olhos fechados.

— Está claro que você ficou doente! Meia hora nesse balanço! Quantos anos você tem? — disse a senhora Gallard com voz dura.

Andrée abriu os olhos.

— O céu está girando.

— Você precisava fazer um bolo para o lanche de amanhã.

— Faço depois do jantar — disse Andrée, levantando-se. Pôs a mão no meu ombro. — Estou tonta.

A senhora Gallard afastou-se, pegou as gêmeas pela mão e levou-as para a casa. Andrée ergueu os olhos para o topo das árvores.

— É bom estar lá em cima — disse.

— Fiquei com medo — respondi.

— Ah! O balanço é firme, nunca houve nenhum acidente.

Não, ela não tinha pensado em se matar; era algo sob controle; mas, quando me lembrava de seus olhos fixos e seus lábios apertados, sentia medo.

Depois do jantar, quando a cozinha ficou vazia, Andrée desceu para lá, e eu a acompanhei; era um imenso aposento que ocupava metade do subsolo; durante o dia, era possível ver acima do respiradouro o movimento de pernas, galinhas-d'angola, cães e pés humanos; àquela hora nada se movimentava lá fora, apenas Mirza, presa à corrente, choramingava levemente. O fogo estrugia no fogão de ferro fundido; nenhum outro barulho. Enquanto Andrée quebrava ovos, dosava açúcar e fermento, examinei paredes, abri arcas. As peças de cobre brilhavam: baterias de caçarolas, caldeirões, escumadeiras, tachos, rescaldeiros que outrora aqueciam os lençóis dos antepassados barbudos; no bufê, admirei a série de pratos fundos, esmaltados com cores infantis. De ferro fundido, terracota, cerâmica, porcelana, alumínio ou estanho, havia aos montes panelas, frigideiras, caçoulas, caldeiros, caçoletas, escudelas, sopeiras, pratos, covilhetes, escorredores, moedores, moendas, fôrmas e almofarizes! Que variedade de tigelas, xícaras, copos, taças de vinho e de champanhe, molheiras, potes, jarros, jarrinhas, garrafas! Será que cada espécie de colher, concha, garfo e faca tinha realmente algum uso especial? Teríamos mesmo tantas necessidades diferentes para satisfazer? Aquele mundo clandestino deveria ter se manifestado na superfície da terra em festas enormes e sutis que, pelo que eu sabia, nunca tinham ocorrido em lugar algum.

— Tudo isso é usado? — perguntei a Andrée.
— Mais ou menos; existem tradições — respondeu ela. Arrumou no forno o pálido projeto de bolo.
— Você não viu nada — disse. — Vamos dar um giro pelo porão.

Atravessamos primeiro a parte dos laticínios: jarrões e tigelões envernizados, malaxadores de madeira polida, barras de manteiga, queijos brancos de massa lisa sob musselinas brancas: aquela nudez higiênica e aquele cheiro de bebê me afugentaram. Preferi os depósitos cheios de garrafas empoeiradas e tonéis abarrotados de álcool; no entanto, a abundância de presuntos, salames, pilhas de cebolas e batatas me acabrunharam.

"É por isso que ela sente necessidade de voar para as árvores", pensei, olhando Andrée.

— Gosta de cerejas na aguardente?
— Nunca comi.

Numa prateleira, havia centenas de potes de compotas; cada um coberto por um pergaminho no qual estavam inscritas a data e a fruta. Havia também frascos de frutas em calda e em álcool. Andrée pegou um frasco de cerejas e o levou à cozinha. Depositou-o na mesa. Com uma concha de madeira, encheu duas taças; saboreou na própria concha o líquido rosado.

— Vovó exagerou na dose — disse. — É fácil se embebedar com isto!

Ataquei pelo talo um fruto descorado, meio murcho, enrugado; já não tinha gosto de cereja, mas o calor do álcool me agradou. Perguntei:
— Já ficou bêbada alguma vez?
O rosto de Andrée se iluminou.
— Uma vez, com Bernard. Tomamos uma garrafa de Chartreuse. No começo, era divertido, ficamos mais tontos do que quando desci do balanço; depois, tivemos dor de estômago.

O fogo estrugia; começávamos a sentir um odor tíbio de confeitaria. Como a própria Andrée pronunciara o nome de Bernard, ousei interrogar.
— Foi depois do seu acidente que vocês se tornaram amigos? Ele vinha aqui com frequência?
— Sim. Jogávamos damas, dominó, crapô. Naquele tempo, Bernard costumava ficar muito nervoso; uma vez, eu o acusei de roubar no jogo e ele me deu um pontapé; bem na coxa direita, mas não foi de propósito. Desmaiei de dor. Quando voltei a mim, ele tinha chamado socorro, estavam refazendo os meus curativos, e ele chorava junto à minha cabeceira.

Andrée olhou ao longe.
— Nunca tinha visto menino chorar; meu irmão e meus primos eram uns brutos. Quando ficamos sozinhos, nos beijamos...

Andrée encheu de novo nossas taças; o cheiro ficava mais forte; adivinhava-se que o bolo dourava no forno. Mirza tinha parado de choramingar, devia estar dormindo, todos dormiam.
— Ele começou a me amar — disse Andrée.
Voltou o rosto para mim.

— Não tenho como explicar; aquilo provocou tamanha mudança na minha vida! Eu sempre achei que ninguém podia me amar.

Tive um sobressalto.
— Você achava isso?
— Achava.
— Por quê? — perguntei, escandalizada.

Ela deu de ombros.
— Eu me achava tão feia, tão desajeitada, tão pouco interessante; e, depois, é verdade que ninguém se preocupava comigo.
— E a sua mãe? — perguntei.
— Ah! As mães precisam amar os filhos, isso não conta. Mamãe amava a todos nós, e nós éramos tantos!

Não havia contrariedade em sua voz. Será que ela tivera ciúmes dos irmãos? Será que tinha sofrido com a frieza que eu mesma sentia na senhora Gallard? Eu nunca pensara que o amor de Andrée pela mãe pudesse ter sido infeliz. Ela apoiou as mãos na madeira luzidia da mesa.

— Bernard foi a única pessoa no mundo que me amou por mim mesma, exatamente como eu era e porque era eu — disse, com rudeza.
— E eu? — perguntei.

Essas palavras me escaparam: eu estava revoltada com tanta injustiça. Andrée me encarou com surpresa.
— Você?
— Por acaso não me afeiçoei a você por si mesma?
— Claro — disse Andrée com voz titubeante.

O calor do álcool e a indignação me tornavam ousada; eu tinha vontade de dizer a Andrée coisas que só se dizem nos livros.

— Você nunca soube, mas, desde o dia em que a conheci, você passou a ser tudo para mim — disse-lhe. — Decidi que, se você morresse, eu morreria em seguida.

Falava no passado e tentava dizer tudo em tom isento. Andrée continuava a me olhar com perplexidade.

— Sempre achei que o que importava para você, de verdade, eram os livros e os estudos — disse-me.

— Em primeiro lugar estava você. Eu renunciaria a tudo para não a perder.

Ela ficou em silêncio, e perguntei:

— Não desconfiava disso?

— Quando você me deu a bolsa de aniversário, achei que de fato tinha afeição por mim.

— Era bem mais que isso! — eu disse, com tristeza.

Ela parecia perturbada. Por que eu não soubera fazê-la sentir meu amor? Ela me parecera tão gloriosa que me fez acreditar que não tinha carências. Tive vontade de chorar por ela e por mim.

— É engraçado — disse Andrée. — Fomos inseparáveis durante tantos anos e agora percebo que a conheço tão mal! Julgo as pessoas depressa demais — disse, com remorsos.

Eu não queria que ela se recriminasse.

— Eu também a conhecia mal — atalhei, com presteza.

— Achava que você tinha orgulho de ser como era, sentia inveja.

— Não tenho orgulho.

Ela se levantou e foi até o fogão.

— O bolo está pronto — disse, abrindo o forno.

Apagou o fogo e guardou o bolo num armário. Subimos para nosso quarto e, enquanto nos despíamos, ela perguntou:

— Vai comungar amanhã de manhã?
— Não — respondi.
— Então vamos juntas à missa. Também não vou comungar. Estou em pecado — acrescentou com indiferença.
— Ainda não disse à mamãe que lhe desobedeci, e o pior é que não me arrependo.

Envolvi-me nos lençóis, entre as colunas torsas.
— Você não podia deixar Bernard ir embora sem falar com ele.
— Não podia! Ele acharia que sou indiferente, teria ficado ainda mais desesperado. Não podia — repetiu.
— Então, fez bem em desobedecer.
— Ah! Às vezes, qualquer coisa que a gente faça é ruim — disse Andrée.

Deitou-se, mas deixou aceso o quebra-luz azul, na cabeceira de sua cama. Disse:
— Há uma coisa que não entendo. Por que Deus não diz claramente o que quer de nós?

Não respondi; Andrée se mexeu na cama, arrumou os travesseiros.
— Queria lhe perguntar uma coisa.
— Pergunte.
— Ainda acredita em Deus?

Não hesitei; naquela noite, a verdade não me dava medo.
— Já não acredito — respondi. — Faz um ano que deixei de acreditar.
— Eu desconfiava — disse Andrée.

Ela se recostou nos travesseiros.
— Sylvie, não é possível que só exista esta vida!

— Já não acredito — repeti.
— Às vezes é difícil — disse Andrée. — Por que Deus quer que sejamos infelizes? Meu irmão responde que é o problema do mal, que os Pais da Igreja resolveram esse problema há muito tempo, ele repete o que lhe ensinam no seminário; isso não me satisfaz.
— Não, se Deus existe, não se entende o mal.
— Mas talvez seja preciso aceitar não entender — disse Andrée. — É orgulho querer entender tudo.
Ela apagou o quebra-luz e acrescentou num murmúrio:
— Sem dúvida existe outra vida. Só pode haver outra vida!
Eu não sabia muito bem o que devia esperar quando acordássemos: fiquei decepcionada. Andrée era exatamente a mesma, eu também; dissemos bom-dia como sempre tínhamos feito. Minha decepção se prolongou nos dias seguintes. Claro, era impossível ficarmos mais unidas do que já éramos, e algumas frases não pesam muito se comparadas a seis anos de amizade, mas, quando me lembrei daquela hora passada na cozinha, fiquei triste por pensar que, na verdade, não havia acontecido nada.
Certa manhã, estávamos sentadas sob uma figueira e comíamos figos; os figos grandes, violeta, vendidos em Paris não têm graça nenhuma, mas eu gostava daqueles frutinhos pálidos, repletos de uma geleia granulosa.
— Ontem à noite falei com mamãe — disse Andrée.
Senti uma fisgada no coração; Andrée me parecia mais próxima quando estava longe da mãe.
— Ela perguntou se eu ia comungar domingo. Ficou muito atormentada porque domingo passado não comunguei.

— Ela adivinhou o motivo?
— Não exatamente. Mas eu disse qual era.
— Ah! Você disse?
Andrée apoiou uma face na figueira.
— Coitada! Anda tão preocupada atualmente, por causa de Malou e agora por minha causa!
— Ela se zangou com você?
— Disse que da parte dela me perdoa, e, quanto ao resto, era assunto entre mim e o meu confessor. — Andrée me olhou séria. — É preciso entendê-la. Ela é responsável pela minha alma e também não deve saber ainda o que Deus quer dela. Não é fácil para ninguém.
— Não, não é fácil — respondi, vagamente.
Eu estava com raiva. A senhora Gallard torturava Andrée e agora era ela a vítima!
— Mamãe me falou de uma maneira que me deixou perturbada — disse Andrée com voz trêmula. — Você sabe, ela também teve momentos difíceis, quando era jovem.
Olhou ao redor.
— Aqui mesmo, por estes caminhos, houve momentos difíceis.
— Sua avó era muito autoritária?
— Era.
Andrée ficou pensativa por um instante.
— Mamãe disse que existem graças, que Deus nos mede pelas provas que nos manda, que Deus ajudará Bernard e me ajudará como a ajudou.
Andrée buscou meu olhar.
— Sylvie, se você não acredita em Deus, como pode suportar a vida?

— Mas eu gosto da vida — respondi.

— Eu também. Mas, justamente, se eu pensasse que todo mundo que conheço iria morrer por inteiro, me mataria na mesma hora.

— Eu não tenho vontade de me matar — eu disse.

Saímos da sombra da figueira e voltamos para a casa em silêncio. Andrée comungou no domingo seguinte.

CAPÍTULO 2

Fizemos os exames do *baccalauréat* e, depois de muita discussão, a senhora Gallard permitiu que Andrée estudasse três anos na Sorbonne. Andrée escolheu o curso de letras, e eu, o de filosofia; estudávamos com muita frequência lado a lado na biblioteca, mas nas aulas eu ficava sozinha. A linguagem, as maneiras, as afirmações dos estudantes me assustavam; eu continuava respeitando a moral cristã, e eles me pareciam libertos demais. Não foi por acaso que descobri afinidades com Pascal Blondel, que tinha a reputação de ser católico praticante. Fui sensível não só a sua inteligência como também a sua perfeita educação e a seu belo rosto angelical. Ele sorria para todos os colegas, mas se mantinha distante de todos e parecia desconfiar em especial das estudantes; meu zelo filosófico acabou por vencer suas reservas. Tivemos longas conversas elevadas e, ao fim e ao cabo, à parte a existência de Deus, concordávamos em quase todas as questões. Decidimos formar uma equipe. Pascal detestava lugares públicos, bibliotecas e bistrôs; eu ia estudar na casa dele. O apartamento onde morava com o pai e uma irmã parecia-se com o de meus pais, e a banalidade de seu quarto me decepcionou. Quando saí do colégio Adélaïde, os jovens constituíam a meus olhos uma confraria bastante misteriosa, eu os imaginava muito mais avançados que eu nos arcanos da vida; ora, os móveis de Pascal, os livros, o crucifixo de marfim, a reprodução de El Greco, nada indicava que ele fosse de uma espécie diferente de Andrée e de mim. Fazia tempo que tinha direito de sair sozinho à noite e de ler livremente, mas logo percebi que o horizonte dele era tão limitado quanto o meu. Ele havia estudado numa instituição religiosa, onde o pai era professor, e só amava os estudos e a família. Na época, minha única ideia era sair de minha casa e me surpreendia que ele se sentisse tão bem na sua. Ele balançava a cabeça: "Nunca vou ser tão feliz quanto sou agora", dizia no tom nostálgico que os homens idosos usam para expressar saudade do passado. Dizia que o pai era um homem admirável. Tendo-se casado tarde, depois de uma juventude dura, ficara viúvo aos 50 anos, com uma filha de 10 e um bebê de meses; tinha se sacrificado inteiramente por eles. Quanto à irmã, Pascal a considerava uma santa. Ela perdera o noivo na guerra e decidira nunca mais se casar. Seus cabelos castanhos, puxados para trás e reunidos num pesado rabo de cavalo, deixavam à mostra uma testa ampla e intimidadora; tinha tez branca, olhos cheios de alma, sorriso intenso e duro; usava roupas escuras, sempre do mesmo modelo elegante e austero, aclaradas por uma grande gola branca; dirigira com fervor a educação do irmão, que tentara orientar para o sacerdócio; eu tinha suspeitas de que ela mantinha um diário íntimo e se tomava por Eugénie de Guérin; de que, remendando com mãos grossas e um pouco avermelhadas as meias da família, recitava Verlaine: "Vida humilde, trabalho aborrecido e fácil." Bom aluno, bom filho, bom cristão, eu achava Pascal comportado até demais; às vezes me dizia que ele tinha jeito de ex-seminarista; de minha parte, sei que o irritava por mais de um motivo. Apesar disso, mesmo quando, mais tarde, tive outros colegas que me interessavam mais, nossa amizade se manteve firme. Foi ele que levei como acompanhante no dia em que os Gallards festejaram o noivado de Malou.

De tanto girar em torno do túmulo de Napoleão, de aspirar as rosas do parque de Bagatelle, de comer salada russa nas florestas de Landes, Malou, que sabia de cor *Carmen*, *Manon* e *Lakhmé*, acabou encontrando um marido. Quando perigava ficar no caritó, a mãe repetia todos os dias: "Entre para o convento ou case-se; celibato não é vocação." Uma noite, na hora de sair para a ópera, a senhora Gallard declarou: "Desta vez é pegar ou largar; a próxima oportunidade será de Andrée." Malou, portanto, aceitou casar-se com um viúvo de 40 anos que era afligido por duas filhas. Essa honra foi comemorada com uma matinê dançante. Andrée insistiu que eu fosse. Pus o vestido de jersey de seda cinza, legado de uma prima que tinha acabado de entrar para o convento, e fui me encontrar com Pascal em frente à casa dos Gallards.

O senhor Gallard obtivera uma gorda promoção nos últimos cinco anos, e agora a família morava num luxuoso apartamento da rua Marbeuf. Eu quase nunca punha os pés ali. A senhora Gallard me cumprimentou de má vontade; fazia tempo que não me dava beijos e já nem se dava o trabalho de sorrir para mim; apesar disso, mediu Pascal sem reprovação: ele agradava a todas as mulheres com seu jeito ao mesmo tempo intenso e reservado. Andrée lhe dirigiu um daqueles seus sorrisos de série; estava com olheiras, e eu me perguntei se não teria chorado. "Se quiser retocar a maquiagem, vai encontrar o necessário no meu quarto", disse-me ela. Era um convite discreto. Na casa dos Gallards, o uso do pó de arroz era autorizado, ao passo que minha mãe, suas irmãs e amigas o condenavam. "Maquiagem estraga a pele", afirmavam. Minhas irmãs e eu, comentando a pele atormentada daquelas senhoras, dizíamos com frequência que a prudência delas não tinha compensado.

Passei uma esponja no rosto, arrumei os cabelos cortados sem arte e voltei ao salão. Os jovens dançavam sob os olhares enternecidos das senhoras. Não era um belo espetáculo. Os tafetás e os cetins de cores fortes ou adocicadas demais, os decotes canoa, os drapeados sem graça enfeavam mais aquelas jovens cristãs, muito bem treinadas no esquecimento do corpo. Só Andrée era agradável de se olhar. Seus cabelos eram brilhantes; as unhas, luzidias; estava com um vestido bonito de fular azul-escuro, finos *scarpins*; no entanto, apesar do *rouge* com que pintara as faces, parecia cansada.

— Que triste! — eu disse a Pascal.
— O quê?
— Tudo isso!
— Que nada! — respondeu, alegre.

Pascal não compartilhava minhas severidades nem meus raros entusiasmos; dizia que em todos os seres se pode encontrar algo para amar; por isso agradava: sob seu olhar atento, todos se sentiam dignos de amor.

Obrigou-me a dançar e depois dancei com outros; eram todos feios, eu não tinha nada para lhes dizer, nem eles a mim, fazia calor, eu me entediava. Não perdia Andrée de vis-

DOCUMENTOS ICONOGRÁFICOS

*Agradecemos a Sylvie Le Bon de Beauvoir
e à Associação Élisabeth Lacoin pela gentil cooperação.*

A família Lacoin por volta de 1923 em Haubardin. Zaza está na segunda fileira, a quarta a partir da esquerda.

Fachada da casa de Gagnepan em 1927, onde Zaza e Simone passaram longos períodos de férias.

Simone em 1915, pouco tempo antes de conhecer Zaza.

Retrato de Zaza, 1928.

Maurice Merleau-Ponty, o grande amor de Zaza, que no livro leva o nome de Pascal.

Da esquerda para a direita: Zaza, Simone e Geneviève de Neuville em Gagnepan, setembro de 1928. Zaza e Simone eram amigas desde os 10 anos de idade, quando estudavam no colégio Desir, em Paris.

Simone de Beauvoir jogando tênis em Gagnepan, 1928.

Zaza e Simone em Gagnepan, setembro de 1928.

O prédio da rua de Rennes, 71, onde Simone morou de 1919 a 1929, no quinto andar à esquerda.

Jean-Paul Sartre e Simone de Beauvoir em julho de 1929, na festa popular da Porta de Orléans, na época da agrégation.

O Café de Flore, frequentado por Simone a partir de 1938.

No bar de Pont Royal, em 1948.

Páginas 1 e 4 de uma carta de Simone a Zaza ainda na infância, escrita aos 12 anos com tinta violeta, e na qual ela se assinava "Sua inseparável":

"Minha querida Zaza,
Decididamente, acho que minha preguiça só se compara à sua; faz 15 dias que recebi sua longa carta e ainda não me decidi a responder. Ando me divertindo tanto aqui que não encontrei tempo. Estou voltando da caçada; é a terceira vez que vou. E por sinal não tive sorte meu tio não matou nada nos dias em que o acompanhei. Hoje ele atingiu uma perdiz, mas ela caiu numa moita e, não tendo [...]"

não resta absolutamente. Há amoras em Gagnepan? Em Meyrignac encontramos muitas, as sebes estão cobertas por elas também nós nos deliciamos. Até logo minha querida Zaza não me faça esperar sua carta tanto tempo quanto a fiz esperar a minha. Um abraço de coração a você e a seus irmãos e irmãs e particularmente a seu afilhado. Meus respeitos à senhora Lacoin e também as melhores lembranças de Mamãe.

Sua inseparável.
Simone.
Tente ler esses rabiscos sem penar demais."

Carta de Zaza a Simone, de 3 de setembro de 1927, na qual menciona a machadada que deu em si mesma para fugir da agitação de Gagnepan.

Gagnepan, 3 de setembro de 1927

Minha querida Simone,
Sua carta chegou num momento em que algumas horas de conversa comigo mesma e de reflexão sincera acabavam de me proporcionar muito maior lucidez e compreensão do que tive na primeira parte das férias. Lendo-a, senti a alegria de perceber que ainda estamos bem próximas uma da outra, ao passo que sua última carta me dera a impressão de que estava se afastando muito de mim e mudando bruscamente de rota. Desculpe-me se, no fim das contas, a entendi muito mal. Meu erro se deve ao fato de que na sua penúltima carta você insistia muito nessa busca da verdade, sua mais recente conquista; é que julguei ver nessa realização, que não passa de objetivo, de sentido dado à sua vida, uma renúncia a todo o resto, um abandono de toda uma parte tão bela da nossa humanidade. Percebo que você está longe de pensar numa mutilação dessa natureza e que não abre mão de nada de si mesma; aí, estou convencida agora, é que está a verdadeira energia, e acredito que é preciso esforço para atingir certo ponto de perfeição interior em que todas as nossas contradições se desvanecem e nosso eu se realiza em todo o seu alcance. Por isto gostei de sua expressão "salvar-se por inteiro" que é a mais bela concepção humana da existência e não está muito distante da "salvação da alma" da religião cristã quando a entendemos em seu sentido mais amplo.

[...] Ainda que não o tivesse dito, eu saberia que neste momento há grande paz em você, simplesmente pela calma que sua carta me transmitiu. Não há no mundo nada melhor do que sentir que existe alguém que pode nos compreender inteiramente e com cuja amizade podemos contar de modo absoluto.

Venha logo que puder; o dia 10, se lhe for possível, é conveniente para nós, como, aliás, qualquer outra data. Vai encontrar os de Neuville, que estarão aqui de 8 a 15; de modo que nos primeiros dias terá uma vida muito agitada, mas espero que possa ficar bastante tempo depois que eles se forem e apreciar a calma de Gagnepan tanto quanto sua agitação. Sinto que minha frase "divertir-se para esquecer" quase provocou em você uma censura e quero me justificar, pois fui muito além do que realmente pensava; sei por experiência própria que há momentos em que nada é capaz de me distrair de mim mesma e nesses casos divertir-me é um verdadeiro suplício. Recentemente foi organizada em Haubardin uma grande excursão com amigos ao País Basco; eu sentia tanta necessidade de solidão, tamanha impossibilidade de me divertir que me dei uma bela machadada no pé para escapar da expedição. Precisei aguentar oito dias de espreguiçadeira e frases condoídas, além de exclamações sobre minha imprudência e minha falta de jeito, mas pelo menos tive um pouco de solidão e o direito de não falar e não me divertir.

Espero não precisar cortar meu pé quando você estiver aqui; já decidimos que no dia 11 iremos a vinte e cinco quilômetros daqui assistir a uma corrida de vacas de Landes e visitar um velho castelo onde se encontram primos nossos. Tente estar aqui então, eu lhe peço. Quanto ao seu trem, não sei o que dizer. Vai chegar por Bordeaux ou por Montauban? Se for por Montauban, podemos buscá-la em Riscle, que não fica longe daqui, para você não precisar fazer baldeação. Tome o que achar melhor, vou buscá-la de carro a qualquer hora do dia ou da noite.

Gostaria muito de saber como está passando as férias; se puder escrever assim que receber esta carta, em Marselha, na posta-restante, terei notícias suas. Muitas vezes estou com você apesar da distância. Você sabe disso, mas estou dizendo para ter o prazer de ver minha pena escrever uma verdade tão incontestável.

Abraço-a afetuosamente, lembranças a Poupette e meus respeitos a seus pais.

Zaza

Página 1 de uma carta de Simone a Zaza, escrita em papel tarjado, o que se explica pela morte recente do seu avô (12 de maio de 1929, em Meyrignac).

Página 1:

(Paris) Domingo, 23 de junho de 1929

Querida, querida Zaza,
Como pensar tanto em você sem sentir vontade de lhe dizer? Sinto novamente esta noite aquela sede da sua presença que tantas vezes, ainda menina, me fez chorar de ternura; mas na época eu não tinha coragem de escrever para dizê-lo; e agora me privar disso, num momento em que dois dias sem você me parecem, ridiculamente, uma longa ausência?

Parece-me que você sentiu, como eu, a que maravilhoso momento da nossa amizade chegamos nos últimos quinze dias, e na sexta-feira por exemplo eu teria dado muitas coisas neste mundo para que o tempo se prolongasse indefinidamente entre nós e Rumpelmeyer.

Em Gagnepan também tivemos lindos dias: um passeio pelo bosque, onde falamos de Jacques; e sobretudo uma noite cuja lembrança está em mim, bela como o impossível. Mas ainda faltava não sei que esforço para nos alcançar, uma desconfiança do amanhã, o receio de um êxito provisório.

Houve a sua volta de Berlim: a noite em que fomos buscar Poupette juntas; a noite seguinte no Príncipe Igor — elas ficaram em mim, deslumbrantes como promessas. Estes últimos dias têm a beleza mais rara das realizações. De você para mim, com a consciência mais nítida daquilo que precisa recusar, exatamente por causa dessa nitidez, uma confiança mais isenta de arrependimentos, um afeto mais tranquilo; de mim para você, a certeza de ser entendida, o sentimento de entendê-la talvez melhor que nunca, e certamente a alegria incomparável de admirar sem reservas aquilo que entendemos mais completamente que nunca. Se tivéssemos jogado o jogo inventado...

[a página 2 não consta da foto, nem a 4]

Página 3. Simone de Beauvoir cita em sua carta de junho um trecho de seu diário (1º de maio).

Página 3:

... a ternura para estar certa de preferi-lo; e ao dar a cada um todo o lugar que pode ocupar no meu coração, esse coração fique inteiro com ele.

Sinto isto com frequência, quase contra a vontade, pois voluntariamente me proibi de encará-lo novamente, de me questionar a seu respeito; sua presença, traga o que me trouxer, quer me decepcione, quer me satisfaça, é pesada demais para suportá-la sozinha — aliás, sei que vai me satisfazer.

Boa noite, querida Zaza
Sua Simone

P.S. Queria nesta carta lhe dizer minha ternura e dar uma prova da fé infinita que tenho em você. Relendo-a, percebo que ela é toda silêncios. Há alguns que, falando, romperei mais facilmente que escrevendo.
Mas no que me diz respeito, por que continuar mentindo para mim, mentindo para nós? Aqui vão copiados para você, intactos inclusive naquilo que esta noite considero ridículo, alguns trechos das minhas anotações que ainda hoje faço minhas até o fundo da alma.

~~Sábado 26 de janeiro~~ 1º de maio
Mas nada saber do outro será algo que eu possa considerar sem importância? Tão esplendidamente encontrado, único!... Ah! Esse ardil de meu coração que gostaria de te diminuir para sofrer menos. Será sofrimento? Apesar de tudo, sei que estás tão perto de mim, e que é na minha direção, e não na direção de outra, que avanças; mas como ainda está longe esse mundo radioso...
    Que ser extraordinário és, Jacques! Extraordinário...
    Por que continuar a não ousar confessar-me isso que sei e a desconfiar do julgamento de meu coração? És um ser extraordinário, o único em quem senti, incomparável, o sinal do gênio, ao lado do talento, do sucesso e da inteligência, o único que me conduz além da paz, além da alegria...

Carta de Zaza a Simone, falando de seus sentimentos por Merleau-Ponty.

Quinta-feira à noite, 10 de outubro de 1929

Minha querida Simone,
Não estou escrevendo, como Gandillac gosta de fazer, para me desculpar de ter sido sinistra ontem apesar do vermute e da reconfortante acolhida no bar "Sélection".* Você deve ter entendido, eu ainda estava aniquilada pela carta da véspera. Ela caiu muito mal. Se P. [Merleau--Ponty] pudesse ter adivinhado o sentimento com que eu aguardava nosso encontro de quinta-feira, acho que não o teria adiado. Mas foi bom mesmo que não soubesse, gostei do que ele fez e não foi ruim para mim ver até onde pode ainda chegar meu desânimo quando fico totalmente sozinha para resistir a meus amargos pensamentos e às lúgubres advertências que Mamãe considera necessário me fazer. O mais triste é não poder me comunicar com ele. Não tive coragem de mandar um bilhete para ele na rua de la Tour. Se você estivesse sozinha ontem, eu teria escrito algumas linhas para ele, com a sua caligrafia ilegível no envelope. E você faria a grande gentileza de lhe mandar logo em seguida uma carta pneumática dizendo o que ele já sabe, espero, que estou perto dele na dor e na alegria, mas sobretudo que pode me escrever aqui em casa sempre que quiser. E ele faria bem em não deixar de me escrever, pois, não sendo possível encontrá-lo muito em breve, eu precisaria terrivelmente de pelo menos um bilhetinho dele. Aliás, neste momento ele não precisa recear minha alegria. Mesmo que eu lhe falasse de nós, seria bem seriamente. Supondo que a presença dele me libertasse e me devolvesse a segurança feliz que eu sentia terça-feira conversando com você no pátio do Liceu Fénelon, restariam nesta vida muitas coisas tristes de que pode falar quem se sente enlutado. Meus entes queridos não precisam se preocupar, não estou fugindo deles. E neste momento me sinto presa à terra e mesmo a minha própria vida, como nunca antes. E por você, Simone, dama amoral e distinta, sou afeiçoada de todo coração.

Zaza

*O "bar Sélection" é o quarto que Simone de Beauvoir aluga da avó no número 91 da avenida Denfert a partir de setembro de 1929. Seu primeiro endereço independente.

***

Paris, segunda-feira, 4 de novembro de 1929

Minha querida Simone,

Estive com P. [Merleau-Ponty] no sábado, o irmão dele vai ainda hoje para o Togo; até o fim da semana, ele estará ocupado com aulas ou com a vontade de fazer um pouco de companhia à mãe, para quem essa separação é dura. Nós gostaríamos muito, muito mesmo de nos encontrar sábado no bar "Sélection" e de poder vê-la, eterna desaparecida, no seu delicioso vestido cinza. Sei que no sábado a turminha sai, por que não os reunir a nós, será que sentem tanta repugnância de nos encontrar, você tem medo de que nos entredevoremos? De minha parte, gostaria muitíssimo de conhecer Sartre o mais breve possível, a carta que você leu para mim me agradou infinitamente, e o poema, belo apesar de desajeitado, me fez pensar muito. Até sábado, por razões de família que seria demorado explicar, não poderei encontrá-la sozinha como esperava. Espere mais um pouco.

Penso sempre em você e a amo de coração.

Zaza

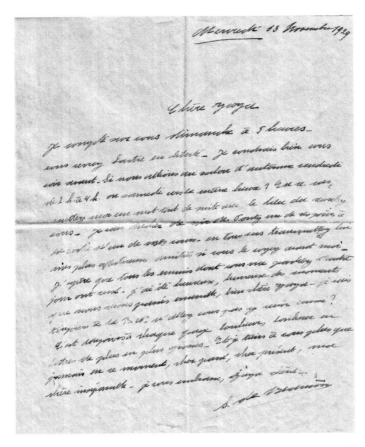

Última carta de Simone de Beauvoir a Zaza, em 13 de novembro de 1929, quando esta, já muito doente, provavelmente não pôde lê-la. Encontramos aqui pela última vez a expressão "Minha inseparável". Zaza morreria em 25 de novembro.

Quarta-feira (13 de novembro de 1929)

Querida Zaza,
Conto com você no domingo às 5 horas. Poderá encontrar Sartre livre.* Gostaria de encontrá-la antes. E se fôssemos ao Salão de Outono na sexta-feira das 2 às 4 ou no sábado no mesmo horário? Neste caso, mande-me logo um bilhete com o lugar do encontro. Vou tentar encontrar Merleau-Ponty um dia desses na saída de uma de suas aulas. De qualquer maneira, transmita-lhe minhas afetuosas saudações se estiver com ele antes de mim.

Espero que tenha superado os problemas de que falou outro dia. Fiquei feliz, feliz com os momentos que passamos juntas, minha queridíssima Zaza. Continuo indo à B.N., você não irá também?

A cada página é sempre uma felicidade, felicidade em letras cada vez maiores. E gosto de você mais que nunca neste momento, passado querido, presente querido, minha querida inseparável.

Um beijo, Zaza querida.
S. de Beauvoir

Referência ao serviço militar que ele acabava de começar.

Primeira página do manuscrito As inseparáveis, redigido em 1954.

ta; ela sorria equitativamente para todos os seus cavalheiros, cumprimentava as velhotas com uma ligeira reverência, que ela fazia com perfeição demais para meu gosto: não me agradava vê-la cumprir com tanta desenvoltura seu papel de moça da sociedade. Concordaria em se casar, como a irmã?, era o que eu me perguntava com um pouco de ansiedade. Alguns meses antes, Andrée reencontrara Bernard em Biarritz, no volante de um carrão azul-claro; ele estava de terno branco, usava anéis e tinha ao lado uma loira bonita e de evidente má vida. Haviam trocado um aperto de mãos sem encontrar nada para se dizer. "Mamãe tinha razão: não éramos feitos um para o outro", dissera-me Andrée. Talvez ele fosse diferente se os dois não tivessem sido separados, pensei, ou talvez não. Em todo caso, desde aquele encontro Andrée só falava do amor com amargura.

Entre duas contradanças, consegui me aproximar dela.

— Alguma maneira de conversarmos cinco minutos?

Ela pôs a mão na têmpora; sem dúvida estava com dor de cabeça, isso acontecia com frequência nos últimos tempos. "A gente se encontra na escada, no último andar. Vou dar um jeito de sair de fininho." Deu uma olhada para os pares que se refaziam. "As mães não nos deixam passear com rapazes, mas ficam desvanecidas quando nos veem dançar com eles, as inocentes!"

Muitas vezes Andrée dizia cruamente, em voz alta, o que eu mal formulava em voz baixa. Sim, aquelas boas cristãs deveriam preocupar-se ao verem as filhas entregar-se, pudicas e ruborizadas, aos braços dos varões. Como eu tinha detestado as lições de dança aos 15 anos! Sentia um mal-estar indefinível, parecido com enjoo, cansaço, tristeza, cujos motivos não conhecia; depois que aprendi o sentido daquilo, tornei-me refratária à dança, a tal ponto me parecia irracional e vexatório que qualquer um pudesse agir, apenas pelo contato, sobre meus estados de espírito. Mas certamente a maioria daquelas donzelas tinha mais ingenuidade, ou menos amor-próprio, que eu: agora que tinha começado a pensar no caso, sentia-me constrangida quando as olhava. E Andrée?, perguntei-me. Muitas vezes, com seu cinismo, ela me obrigava a fazer-me perguntas que me escandalizavam no exato momento em que as formulava. Andrée veio me encontrar na escada; sentamo-nos no degrau mais alto.

— É bom respirar um pouco — disse ela.
— Está com dor de cabeça?
— Estou.

Sorriu.

— Deve ser por causa daquela mistura que engoli hoje de manhã. Em geral, para criar ânimo, tomo café ou uma taça de vinho branco; hoje misturei os dois.

— Café e vinho?
— Não é tão ruim. Na hora foi uma verdadeira chicotada.

Andrée parou de sorrir.

— Não dormi a noite toda. Estou tão triste por Malou!

Andrée nunca tinha se entendido bem com a irmã, mas tomava a peito tudo o que acontecesse com as pessoas.

— Pobre Malou! — continuou. — Passou dois dias consultando todas as amigas; todas disseram que aceitasse. Principalmente Guite.

Deu uma risadinha.

— Guite disse que, quando se tem 28 anos, é intolerável passar as noites sem ninguém!

— E passar com um homem que a gente não ama é engraçado?

Eu sorri.

— Guite ainda acredita no amor fulminante sacramental?

— Acho que sim — respondeu Andrée, brincando nervosamente com a correntinha de ouro de que pendiam suas medalhas. — Ah! Não é simples. Você vai ter uma profissão, vai poder se dedicar a alguma coisa sem se casar. Mas ser uma solteirona inútil como Guite não é bom.

Muitas vezes, egoisticamente, eu me sentia feliz porque os bolcheviques e a maldade da vida tinham arruinado meu pai: eu era obrigada a trabalhar, os problemas que atormentavam Andrée não me atingiam.

— Acha mesmo impossível que lhe permitam prestar o concurso para a docência superior?

— Impossível — disse Andrée. — No ano que vem, ocupo o lugar de Malou.

— E a sua mãe vai tentar casá-la?

Andrée deu uma risada breve.

— Acho que isso já começou, há um rapazinho politécnico que, metodicamente, pergunta meus gostos. Eu lhe disse que sonhava com caviar, alta-costura, boates, e que meu tipo de homem é Louis Jouvet.

— Ele acreditou?

— Em todo caso, pareceu preocupado.

Conversamos mais alguns minutos e Andrée olhou seu relógio de pulso.

— Preciso descer.

*

Eu detestava aquele braceletezinho de escrava. Quando líamos na biblioteca sob a tranquila luz das lâmpadas verdes, quando tomávamos chá na rua Soufflot, quando andávamos pelas aleias do Jardim de Luxemburgo, Andrée de repente lançava um olhar ao relógio e fugia em pânico: "Estou atrasada!" Sempre tinha outra coisa para fazer: a mãe a sobrecarregava de tarefas de que ela se desincumbia com um zelo de penitente; teimava em adorar a mãe e, se estava resignada a desobedecer-lhe em certos pontos, era porque a isso tinha sido obrigada. Pouco tempo depois de minha estada em Béthary — na época Andrée tinha apenas 15 anos —, a senhora Gallard a pôs a par das coisas do amor com tal franqueza e minúcia que, lembrando, Andrée ainda estremecia; depois disso, a mãe lhe dera autorização, com tranquilidade, para ler Lucrécio, Boccaccio, Rabelais; aquela cristã não se inquietava com obras cruas e até obscenas, mas condenava sem apelação aqueles que acusava de desnaturar a fé e a moral católicas. "Se quiser se instruir sobre a religião, leia os Pais da Igreja", dizia quando via nas mãos de Andrée autores como Claudel, Mauriac ou Bernanos. Achava que eu exercia uma influência perniciosa sobre a filha e queria proibi-la de falar comigo. Incentivada por um guia de consciência que tinha ideias largas, Andrée resistira. Mas, para ter perdão pelo estudo, pelas leituras, por nossa amizade, aplicava-se a cumprir de maneira irrepreensível aquilo que a senhora Gallard chamava de deveres sociais. Por isso tinha dor de cabeça com tanta frequência; mal encontrava algum tempo no dia para o violino; ao estudo conseguia dedicar praticamente apenas as noites e, embora tivesse muita facilidade, não dormia o suficiente.

Pascal tirou Andrée para dançar várias vezes no fim daquele dia; acompanhando-me até minha casa, ele me disse com ar compenetrado:

— Muito gentil a sua amiga. Vi vocês duas juntas várias vezes na Sorbonne; por que nunca me apresentou a ela?

— Não tive essa ideia — respondi.

— Gostaria muito de vê-la de novo.

— Vai ser fácil.

Eu estava surpresa por ele ter-se mostrado sensível aos encantos de Andrée; era amável com as mulheres, assim como com os homens e até um pouco mais, mas não tinha grande apreço por elas; apesar de sua benevolência universal, continuava, aliás, pouco sociável. Quanto a Andrée, diante de um rosto novo, sua primeira reação era de desconfiança. Crescendo, tinha descoberto, escandalizada, o abismo que separa os ensinamentos do Evangelho e os comportamentos interesseiros, egoístas e mesquinhos dos conservadores; defendia-se da hipocrisia deles com um cinismo de princípio. Acreditava em mim quando lhe dizia que Pascal era muito inteligente; mas, embora se revoltasse contra a burrice, atribuía pouco valor à inteligência. "De que adianta?", perguntava com uma espécie de irritação. Não sei exatamente o que ela buscava, mas opunha o mesmo ceticismo a todos os valores reconhecidos. Se lhe acontecia cair de amores por algum artista, escritor, ator, sempre era por razões paradoxais, ela só apreciava neles qualidades frívolas ou mesmo equivocadas. Tinha ficado encantada com Jouvet no papel de um bêbado, a ponto de afixar a fotografia dele em seu quarto; esses entusiasmos representavam, acima de tudo, um desafio às falsas virtudes das pessoas de bem; não as levava a sério. Mas tinha ar sério quando me disse a respeito de Pascal:

— Eu o achei muito simpático.

Portanto, Pascal veio tomar chá conosco, na rua Soufflot, e nos acompanhou ao Jardim de Luxemburgo. A partir da segunda vez, deixei-o sozinho com Andrée e, depois disso, eles se encontraram com frequência sem mim. Eu não tinha ciúmes. Desde aquela noite, na cozinha de Béthary, quando confessara a Andrée o apego que tinha por ela, eu começara a me desapegar um pouco. Ela continuava sendo enormemente importante para mim, mas agora havia o resto do mundo e eu mesma: ela já não era tudo.

Tranquilizada por ver Andrée chegar ao termo dos estudos sem perder a fé nem os bons costumes, satisfeita por ter arranjado o casamento da filha mais velha, a senhora Gallard mostrou-se liberal durante toda aquela primavera. Andrée olhou menos para o relógio; encontrou-se muito com Pascal sozinha e frequentemente também saíamos os três juntos. Em breve ele passou a influenciá-la. Começara por rir das reflexões mordazes e das tiradas irreverentes dela, mas logo reprovou seu pessimismo. "A humanidade não é tão sombria assim", afirmava. Discutiam o problema do mal, o pecado, a graça, e ele acusou Andrée de jansenismo. Ela ficou muito chocada. No começo, dizia-me com surpresa: "Como ele é jovem!" Depois me disse com perplexidade: "Quando me comparo a Pascal, tenho a impressão de ser uma solteirona amargurada." Acabou concluindo que era ele que tinha razão.

"Pensar mal dos semelhantes *a priori* é ofender a Deus", disse-me ela. E também: "O cristão precisa ser escrupuloso, mas não atormentado"; e acrescentou com entusiasmo: "Pascal é o primeiro verdadeiro cristão que conheci!"

Bem mais que os argumentos de Pascal, foi sua existência que reconciliou Andrée com a natureza humana, com o mundo, com Deus. Ele acreditava no céu, amava a vida, era alegre e irrepreensível; portanto, nem todos os homens eram maus, nem todas as virtudes eram falsas, e era possível ganhar o paraíso sem renunciar à terra. Eu me sentia feliz por Andrée se deixar convencer dessas coisas. Dois anos antes, sua fé parecera vacilar. Uma vez ela me dissera: "Só uma fé é possível, a fé do simplório." Depois disso, ela se corrigira; tudo o que eu podia esperar era que ela não tivesse uma ideia demasiadamente cruel da religião. Pascal, que compartilhava suas convicções, estava em melhor posição que eu para lhe garantir que não é crime às vezes se preocupar consigo. Sem condenar a senhora Gallard, ele afirmou a Andrée que ela tivera razão de defender sua vida pessoal. "Deus não nos quer idiotizados; se nos concede seus dons, é para que os usemos", dizia ele com frequência. Essas palavras iluminaram Andrée; parecia que um peso enorme tinha saído de seus ombros. Enquanto as castanheiras do Jardim de Luxemburgo se cobriam de botões, depois de folhas e de flores, vi Andrée se transformar. De *tailleur* de flanela, chapéu *cloche* de palha e luvas, ela ganhava um ar acanhado de moça séria. Pascal gracejava, gentilmente:

— Por que sempre usa chapéus que escondem seu rosto? Nunca fica sem luvas? Será que se pode convidar uma jovem tão respeitável a se sentar num terraço de café?

Sua expressão era de contentamento quando ele a provocava assim. Não comprou outro chapéu, mas esqueceu as luvas no fundo da bolsa, sentou-se nos terraços do boulevard Saint-Michel, e seu jeito voltou a ser tão vivaz quanto nos tempos em que passeávamos sob os pinheiros. Até então a beleza de Andrée tinha ficado de algum modo secreta: presente no fundo dos olhos, transparecendo em lampejos no rosto, mas não totalmente visível; de repente, aflorou à superfície da pele, irrompeu à luz do dia. Posso revê-la em certa manhã com cheiro de mato, no lago do Bosque de Bolonha; empunhava os remos; sem chapéu, sem luvas, com os braços nus, vogava as águas com habilidade; seus cabelos brilhavam, seus olhos viviam. Pascal deixava a mão arrastar-se pela água e cantava em surdina: tinha bela voz e conhecia muitas canções.

Ele também mudava. Diante do pai e, sobretudo, da irmã, tinha ar de menino; com Andrée falava com autoridade de homem; não que representasse algum papel, mas simplesmente se punha à altura da necessidade que tinha dele. Ou eu não o conhecia direito, ou ele estava amadurecendo. Em todo caso, já não parecia um seminarista; tinha aparência menos angelical que antes, porém mais alegre; e a alegria lhe caía bem. Na tarde do dia 1º de maio, estava nos esperando no terraço do Jardim de Luxemburgo e, quando nos viu, pulou para a balaustrada e sobre ela veio ao nosso encontro com passinhos de equilibrista, usando os braços como percha: em cada mão, tinha um buquê de lírio-do-vale. Pulou para o chão e nos ofereceu os dois buquês juntos. O meu só estava lá por uma questão de simetria; ele nunca me oferecera flores. Andrée percebeu, pois corou: era a segunda vez na vida que a via corar. Pensei: "Amam-se." Era muita sorte ser amado por Andrée; mas foi principalmente por ela que me alegrei. Ela não poderia nem desejaria casar-se com um descrente; se tivesse se resignado a amar um cristão austero, parecido com o senhor Gallard, teria sucumbido. Ao lado de Pascal, podia finalmente conciliar deveres e felicidade.

Naquele fim de ano não tínhamos muita coisa para fazer e saíamos bastante. Nenhum de nós três era rico. A senhora Gallard só dava às filhas os trocados necessários para passagens de ônibus e meias; o senhor Blondel queria que Pascal se concentrasse exclusivamente nos exames e o proibia de dar aulas particulares, preferindo se sobrecarregar de horas extras; quanto a mim, só tinha dois alunos que pagavam muito pouco. Mesmo assim dávamos um jeito de ir ver filmes abstratos no Studio des Ursulines e peças de vanguarda nos Théâtres du Cartel. Na saída, eu sempre discutia muito tempo com Andrée. Pascal ouvia com ar indulgente. Admitia que só gostava de filosofia e se aborrecia com arte e literatura, que achava gratuitas; mas, quando tinham a pretensão de representar a vida, ele as achava falsas. Dizia que na realidade os sentimentos e as situações não são tão sutis nem tão dramáticos quanto nos livros. Andrée achava revigorante essa opção pela simplicidade. Afinal de contas, era enorme a tendência dela a tomar o mundo pelo lado trágico, e mais valia que a sabedoria de Pascal fosse um pouco curta, mas sorridente.

Andrée, depois de passar com brilhantismo no exame oral para a obtenção do diploma, começou a passear com Pascal. Ele nunca a convidava para ir a sua casa, e provavelmente ela não teria aceitado: dizia vagamente à mãe que saía comigo e com colegas, mas não teria desejado confessar nem esconder que passara a tarde na casa de um rapaz. Os dois sempre se encontravam ao ar livre e passeavam muito. Encontrei-a no dia seguinte em nossa praça habitual, sob o olhar morto de uma rainha de pedra. Eu tinha comprado cerejas, graúdas cerejas pretas, que ela adorava, mas recusou-se a experimentar, parecia preocupada. Depois de algum tempo, disse-me:

— Contei a Pascal a minha história com Bernard.

Sua voz estava tensa.

— Nunca tinha contado?

— Não, fazia tempo que queria contar. Eu sentia que precisava falar com ele sobre isso, mas não ousava.

Hesitou, depois disse:

— Eu tinha medo de que ele me julgasse muito mal.

— Que ideia! — eu disse.

Mesmo conhecendo Andrée havia dez anos, ela conseguia me surpreender com frequência.

— Bernard e eu nunca fizemos nada de mau — disse com voz séria —, mas afinal nos beijávamos, e não eram beijos platônicos. Pascal é tão puro. Eu temia que ele ficasse terrivelmente chocado.

E acrescentou com convicção:

— Mas ele só é severo para si mesmo.

— Como assim, ficaria chocado? — perguntei. — Você e Bernard eram crianças e se amavam.

— Pode-se pecar em qualquer idade, e amor não é desculpa para tudo — disse ela.

— Pascal deve ter achado você bem jansenista!

Eu tinha dificuldade para entender aqueles escrúpulos; é verdade que eu também não entendia muito bem o que tinham significado para ela aqueles beijos infantis.

— Ele compreendeu — disse ela. — Ele sempre compreende tudo.

Olhou ao redor.

— E dizer que pensei em me matar quando minha mãe me separou de Bernard. Eu tinha tanta certeza de que o amava para sempre!

Havia uma interrogação ansiosa em sua voz. Eu disse:

— Com 15 anos é normal a gente se enganar.

Com a ponta do sapato, Andrée traçava linhas na areia.

— Com que idade a gente tem o direito de achar que é para sempre?

Quando ela ficava apreensiva, seu rosto endurecia, parecia quase descarnado.

Respondi:

— Agora não está enganada.

— Também acho — disse Andrée.

Continuava traçando linhas incertas no chão.

— Mas o outro, aquele que a gente ama, como ter certeza de que vai nos amar sempre?

— Isso se deve sentir — respondi.

Ela mergulhou a mão no saco de papel pardo e comeu algumas cerejas em silêncio.

— Pascal me disse que até agora não tinha amado nenhuma mulher — comentou Andrée.

Buscou meu olhar e completou:

— Ele não disse: eu nunca tinha amado; disse: eu nunca amei.

Eu sorri.

— Pascal é escrupuloso; pesa as palavras.

— Perguntou se íamos comungar juntos amanhã de manhã — continuou Andrée.

Não respondi nada. Parecia-me que, no lugar de Andrée, eu teria ciúmes ao ver Pascal comungar; uma criatura humana é tão pouca coisa comparada a Deus. No entanto, é verdade que outrora eu tinha amado ao mesmo tempo Andrée e Deus, com grandíssimo amor.

A partir dali ficara claro entre mim e Andrée que ela amava Pascal. E ele lhe falara com mais confiança do que no passado. Contou-lhe que, entre 16 e 18 anos, quisera ser padre, e seu guia de consciência demonstrara que ele não tinha realmente essa vocação, que a irmã o havia influenciado e que, além disso, o que ele esperava do seminário era um refúgio contra o século e as responsabilidades de adulto que o apavoravam. Aquela apreensão tinha subsistido por muito tempo e explicava os preconceitos dele em relação às mulheres, coisa de que agora se recriminava com severidade. "A pureza não consiste em ver o diabo em todas as mulheres", disse alegremente a Andrée. Antes de a conhecer, ele só fazia exceção à irmã, que considerava um espírito puro, e a mim, porque eu tinha tão pouca consciência de ser mulher. Agora compreendera que as mulheres, como mulheres, eram criaturas de Deus. "No entanto, só existe uma Andrée no mundo", acrescentara com tanto calor que Andrée já não duvidava de que a amasse.

— Vocês vão se corresponder durante as férias? — perguntei.

— Sim.

— O que a senhora Gallard vai dizer?

— Mamãe nunca abre as minhas cartas — disse Andrée —, e vai ter outras coisas para fazer, além de vigiar o correio.

Aquelas férias iam ser particularmente agitadas, por causa do noivado de Malou; Andrée me falou disso com apreensão; perguntou-me:
— Você irá, se mamãe me der permissão para convidá-la?
— Ela não vai dar permissão — eu disse.
— Pode ser que dê. Mine e Lélette estarão na Inglaterra, e as gêmeas são pequenas demais para que a sua influência possa ser perigosa — disse Andrée, rindo, e acrescentou, séria: — Mamãe tem confiança em mim agora; tive momentos difíceis, mas acabei ganhando a sua confiança; ela deixou de ter medo de que você me perverta.

Eu desconfiava que Andrée desejava minha ida não só pela amizade que tinha por mim, mas porque poderia me falar de Pascal; eu não fazia objeção àquele jogo de confidências e fiquei muito feliz quando ela me comunicou que contava comigo para o início de setembro.

* * *

Durante o mês de agosto só recebi de Andrée duas cartas, assim mesmo muito breves; ela escrevia na cama, ao amanhecer: "Durante o dia, não tenho nem um minuto para mim", dizia; dormia no quarto da avó, que tinha sono leve; para escrever sua correspondência e para ler, esperava que a luz do dia entrasse através das venezianas. A casa de Béthary estava cheia de gente; lá se encontravam o noivo e suas duas irmãs, solteironas langorosas que não saíam dos calcanhares de Andrée; também estavam todos os primos Rivière de Bonneuils; ao mesmo tempo que celebrava o noivado de Malou, a senhora Gallard organizava entrevistas para Andrée;

era uma temporada jubilosa, em que as festas se sucediam. "Imagino que o purgatório seja assim", escrevia-me Andrée. Em setembro, precisaria acompanhar Malou à casa dos pais do noivo — essa perspectiva a deixava arrasada. Felizmente, recebia longas cartas de Pascal. Eu estava impaciente para revê-la. Naquele ano me entediava em Sadernac, a solidão me pesava.

Andrée me esperava na estação, com um vestido de linho cor-de-rosa, chapéu *cloche* de palha; mas não estava sozinha: as gêmeas — uma com vestido de vichi cor-de-rosa, outra com vestido de vichi azul — corriam ao longo do trem e gritavam:

— Olhe a Sylvie! Bom dia, Sylvie!

Com cabelos lisos e olhos pretos, elas me lembravam a menina de coxa queimada que conquistara meu coração dez anos antes; a única diferença era que tinham bochechas mais rechonchudas e olhar menos insolente. Andrée sorriu para mim: sorriso breve, mas tão vivaz, que ela me pareceu irradiar saúde.

— Fez boa viagem? — disse, estendendo-me a mão.

— Sempre faço, quando viajo sozinha — respondi.

As meninas nos examinavam com expressão crítica.

— Por que você não lhe dá um beijo? — perguntou a Andrée a gêmea azul.

— Existem pessoas que a gente ama muito e não beija — respondeu Andrée.

— Existem pessoas que a gente beija e não ama — disse a gêmea rosa.

— Exatamente — concordou Andrée. — Levem a maleta de Sylvie para o carro — acrescentou.

As pequenas apoderaram-se de minha maleta e saíram saltitando em direção ao Citroën preto que estava estacionado em frente à estação.

— Como vão as coisas? — perguntei a Andrée.

— Nem bem nem mal; depois lhe conto — respondeu.

Postou-se diante do volante, e eu me sentei a seu lado; as gêmeas instalaram-se no banco de trás, atulhado de pacotes. Estava claro que eu caía no meio de uma vida severamente organizada. "Antes de ir buscar Sylvie, faça compras e vá pegar as meninas", dissera a senhora Gallard. Na volta, seria preciso desembrulhar tudo. Andrée calçava as luvas, manipulava as alavancas, e, olhando-a com mais atenção, percebi que tinha emagrecido.

— Você emagreceu — disse-lhe.

— Talvez um pouco.

— Claro, mamãe a repreende, mas ela não come nada — gritou uma das gêmeas.

— Ela não come nada — repetiu a outra, como um eco.

— Não digam bobagens — retrucou Andrée. — Se eu não comesse nada, estaria morta.

O carro começou a rodar suavemente; no volante, as mãos enluvadas davam a impressão de competência: aliás, Andrée fazia bem tudo o que fizesse.

— Gosta de dirigir?

— Não gosto de ser motorista o dia inteiro — respondeu —, mas até que gosto de dirigir.

O carro trafegava ao longo das acácias-bastardas, mas eu não reconhecia o caminho; a grande descida onde a senhora Gallard puxava o freio ao máximo, a encosta que o cavalo penava para descer, tudo tinha ficado plano. E já chegávamos à avenida. Os buxos tinham sido cortados pouco antes. O castelo não havia mudado, mas diante da escada de entrada tinham sido plantados platibandas de begônias e maciços de zínias.

— Essas flores não existiam antes — comentei.

— Não. São feias — disse Andrée —, mas, agora que temos um jardineiro, precisamos ocupá-lo — acrescentou em tom irônico.

Pegou minha maleta e disse às gêmeas:

— Avise a mamãe que não demoro.

Eu já conhecia o vestíbulo e seu cheiro de província; os degraus da escada estalavam como antes, mas no patamar Andrée virou para a esquerda.

— Você foi colocada no quarto das gêmeas; elas vão dormir com vovó e comigo.

Empurrou uma porta e pôs minha maleta no soalho.

— Mamãe acha que, se dormíssemos juntas, não pregaríamos os olhos.

— Que pena! — eu disse.

— É. Mas, enfim, já é muito bom que você esteja aqui! — disse Andrée. — Estou muito contente!

— Eu também.

— Desça assim que ficar pronta. Preciso ir ajudar mamãe.

Fechou a porta. Não exagerava quando me escrevia: "Não tenho nem um minuto." Andrée nunca exagerava. Apesar disso, tinha encontrado tempo de colher para mim três rosas vermelhas, suas flores preferidas. Lembrava-me de uma de suas redações de criança: "Amo as rosas; são flores cerimoniosas que morrem sem fenecer, numa reverência." Abri o armário para pendurar num cabide meu único vestido, de um malva indeciso; ali encontrei um penhoar, chinelos e um belo vestido branco de bolinhas vermelhas; na penteadeira, Andrée tinha deixado um sabonete de amêndoas, um frasco de água de colônia e pó de arroz, tonalidade Rachel. Sua solicitude me comoveu.

"Por que será que ela não come?", eu me perguntava. Talvez a senhora Gallard tenha interceptado cartas: e então? Haviam-se passado cinco anos: será que a mesma história ia se repetir? Saí do quarto e desci a escada. Não seria a mesma história; Andrée já não era criança; eu sentia, sabia que ela amava Pascal com um amor incurável. Tranquilizei-me dizendo que a senhora Gallard não encontraria nada para objetar ao casamento deles; afinal de contas, era possível classificar Pascal na categoria de "rapaz de bem sob todos os aspectos".

Forte ruído de vozes chegava do salão; a ideia de enfrentar toda aquela gente mais ou menos hostil me intimidou: eu também já não era criança. Entrei na biblioteca para esperar a sineta do jantar. Lembrei-me dos livros, dos retratos, do grande álbum cuja capa de couro repuxado era ornada de festões e astrágalos como um caixotão de teto; abri o fecho de metal; meu olhar se deteve na fotografia da senhora Rivière de Bonneuil: aos 50 anos, com cabelos pretos e lisos divididos, ar autoritário, ela não se parecia com a doce avó que se tornara; havia obrigado a filha a se casar com um homem que ela não queria. Virei algumas folhas e examinei o retrato da senhora Gallard solteira; uma gola fechada lhe aprisionava o pescoço, os cabelos enfunavam-se acima de um rosto ingênuo, no qual reconheci a boca de Andrée, uma boca severa e generosa que não sorria; havia algo de atraente em seus olhos. Encontrei-a de novo um pouco adiante, sentada ao lado de um jovem senhor barbudo e sorrindo para um bebê feioso; de seus olhos aquele algo tinha desaparecido. Fechei o álbum, fui até a porta-balcão e a entreabri; uma brisa brincava nas lunárias e punha a vibrar os frágeis discos; o balanço rangia. "Ela tinha nossa idade", pensei. Ouvia sob as mesmas estrelas o sussurrar da noite e prometia a si mesma: "Não, não vou me casar com ele." Por quê? Ele não era feio nem burro, tinha um belo futuro e um monte de virtudes. Será que ela amava outro? Teria inventado quimeras? Hoje ela parece feita exatamente para a vida que levou!

A sineta tocou, e fui para a sala de jantar. Apertei muitas mãos, mas ninguém se demorou a me perguntar sobre minha pessoa e logo fui esquecida. Durante todo o jantar, Charles e Henri Rivière de Bonneuil defenderam ruidosamente *L'Action française* contra o papa, defendido pelo senhor Gallard. Andrée tinha expressão irritada. A senhora Gallard, por sua vez, estava visivelmente pensando em outra coisa; tentei em vão encontrar naquele rosto amarelado a jovem do álbum. Contudo, ela tem lembranças, concluí. Quais? E que uso fazia delas?

Depois do jantar os homens jogaram *bridge* e as mulheres dedicaram-se a trabalhos manuais. Naquele ano estavam na moda chapéus de papel: cortava-se papel grosso em lâminas finas que eram umedecidas para amolecer; com elas se faziam tranças bem apertadas, e tudo era coberto com uma espécie de verniz. Sob os olhares admirados das senhoritas Santenay, Andrée confeccionava alguma coisa verde.

— Vai ser *cloche*? — perguntei.

— Não, uma capelina bem grande — disse ela com um sorriso cúmplice.

Agnès Santenay pediu-lhe que tocasse violino, mas Andrée recusou. Percebi que não poderia falar com ela naquela noite e subi para me deitar bem cedo. Não a vi um único minuto nos dias seguintes. Pela manhã, ela cuidava da casa; à tarde os jovens se amontoavam no automóvel do senhor Gallard e no de Charles para ir jogar tênis ou dançar nos castelos das redondezas; ou então descíamos em algum vilarejo para assistir a torneios de pelota basca ou a corridas de vacas de Landes. Andrée ria quando precisava. Mas observei que de fato não comia quase nada.

Uma noite, acordei com o ruído da porta de meu quarto se abrindo.

— Sylvie, está dormindo?

Descalça, Andrée aproximava-se de minha cama envolvida num penhoar felpudo.

— Que horas são?

— Uma hora. Se não tiver muito sono, vamos descer; lá embaixo é melhor para conversar: aqui nós poderíamos ser ouvidas.

Vesti meu roupão e descemos a escada, evitando fazer os degraus estalar. Andrée entrou na biblioteca e acendeu um abajur.

— Nas noites anteriores, não consegui sair da cama sem acordar a minha avó. É incrível como os velhos têm sono leve.

— Eu tinha tanta vontade de conversar com você — eu disse.

— E eu então!

Andrée suspirou.

— A coisa está assim desde o começo das férias. Que falta de sorte; este ano eu bem que gostaria que me dessem um pouco de paz!

— Sua mãe ainda não desconfia de nada? — perguntei.

— Ai, ai! — exclamou Andrée. — Ela acabou notando aqueles envelopes com caligrafia de homem. Na semana passada me fez perguntas.

Deu de ombros e continuou:

— De qualquer maneira, eu precisaria falar com ela um dia ou outro.

— E aí? O que ela disse?

— Contei tudo — disse Andrée. — Ela não quis ver as cartas de Pascal, e eu também não mostraria; contei tudo, e ela não me proibiu de continuar escrevendo para ele. Disse que precisava pensar.

O olhar de Andrée percorreu o aposento, como se procurasse socorro; os livros severos e os retratos dos antepassados não eram feitos para tranquilizá-la.

— Ela parecia muito contrariada? Quando você vai saber o que ela decidiu?

— Não faço a menor ideia — disse Andrée. — Ela não fez nenhum comentário, só fez perguntas. E disse em tom seco: preciso pensar.

— Não há nenhuma razão para ela se opor a Pascal — comentei com ardor. — Mesmo do ponto de vista dela, ele não é mau partido.

— Não sei. Em nosso meio, os casamentos não são feitos assim. — E acrescentou com amargura: — Casamento por amor é coisa suspeita.

— Mesmo assim, ninguém vai impedir você de se casar com Pascal simplesmente porque o ama!

— Não sei — repetiu Andrée com voz distraída. Olhou-me de relance e afastou o olhar. — Eu nem sei se Pascal pensa em se casar comigo.

— Que é isso! Ele não falou no assunto porque nem é preciso — respondi. — Para Pascal, amá-la e querer se casar com você é uma coisa só.

— Ele nunca disse que me ama — respondeu Andrée.

— Eu sei. Mas em Paris, nos últimos tempos, você não duvidava. E com razão, a coisa saltava aos olhos.

Andrée brincava com suas medalhas; ficou um momento sem falar. Depois disse:

— Em minha primeira carta, eu disse a Pascal que o amava; talvez tenha sido um erro, mas não sei como explicar; ficar calada, no papel, virava mentira.

Balancei a cabeça; Andrée sempre tinha sido incapaz de fingir.

— Ele me respondeu com uma linda carta — disse Andrée. — Mas escreveu que não se sentia no direito de pronunciar a palavra amor. Explicou que em sua vida profana, assim como na religiosa, nunca teve evidências, que precisa passar seus sentimentos pelo crivo da experiência.

— Não se preocupe — eu disse. — Pascal sempre me criticou por decidir as minhas opiniões em vez de colocá-las à prova; ele é desse jeito! Precisa dar um tempo. Mas a experiência logo será conclusiva.

Eu conhecia suficientemente Pascal para saber que ele não estava com nenhum jogo, mas lamentei sua reserva. Andrée dormiria melhor e comeria mais se estivesse segura de seu amor.

— Você contou a ele a conversa com a senhora Gallard?

— Contei — disse Andrée.

— Vai ver: assim que ele recear ver o relacionamento de vocês em perigo, enxergará a evidência.

Andrée dava mordidinhas numa das medalhas.

— Espero para ver — disse sem convicção.

— Francamente, Andrée, você imagina que Pascal ame outra mulher?

Ela hesitou.

— Ele pode descobrir que não tem vocação para o casamento.

— Não acha que ele continua pensando em ser padre!

— Talvez pensasse, se não tivesse me conhecido — disse Andrée. — Eu talvez seja uma armadilha posta no seu caminho para desviá-lo da verdadeira via...

Olhei para Andrée com desassossego. Jansenista, dizia Pascal; era pior: ela suspeitava de maquinações diabólicas por parte de Deus.

— É absurdo — respondi. — Em última análise, imagino que Deus possa tentar as almas, mas não enganá-las.

Andrée deu de ombros.

— Dizem que se deve acreditar por ser absurdo. Então acabei por pensar que as coisas, quanto mais absurdas parecem, maior a chance de serem verdadeiras.

Discutimos por algum tempo, mas de repente a porta da biblioteca se abriu.

— O que vocês estão fazendo aí? — perguntou uma vozinha.

Era Dédé, a gêmea cor-de-rosa, a preferida de Andrée.
— E você? — perguntou Andrée. — Por que não está na cama?

Dédé aproximou-se, levantando com as duas mãos a longa camisola branca.

— A vovó me acordou quando acendeu o abajur; perguntou onde você estava, eu disse que ia ver...

Andrée se levantou.

— Seja boazinha. Eu vou dizer à vovó que estava com insônia e desci para ler na biblioteca. Não fale de Sylvie, senão mamãe me repreende.

— Mas é mentira — disse Dédé.

— Quem vai mentir sou eu, é só você ficar calada, que não vai mentir. — E Andrée acrescentou com segurança: — Quem é grande de vez em quando tem permissão para mentir.

— É cômodo ser grande — disse Dédé com um suspiro.

— Há prós e contras — disse Andrée, acariciando-lhe a cabeça.

"Que escravidão!", pensei, voltando ao quarto. Não havia um movimento seu que não fosse controlado pela mãe ou pela avó e não se tornasse logo exemplo para as irmãzinhas. Não havia um pensamento de que ela não tivesse de prestar contas a Deus!

"Isso é o pior", concluí no dia seguinte, enquanto Andrée rezava ao meu lado, num banco de igreja reservado por uma placa de cobre havia mais de um século para os Rivière de Bonneuils. A senhora Gallard tocava harmônio; as gêmeas atravessavam a igreja com cestos cheios de pão bento; com a cabeça entre as mãos, Andrée falava a Deus: com que palavras? Não devia ter relações simples com ele; eu tinha certeza de uma coisa: ela não conseguia se convencer de que ele era bom; no entanto, não queria desagradá-lo e tentava amá-lo. As coisas teriam sido mais simples se ela, como eu, tivesse perdido a fé assim que a fé perdera a ingenuidade. Meu olhar acompanhou as gêmeas; estavam atarefadas e sentiam-se importantes; na idade delas a religião é um jogo divertido. Eu tinha brandido auriflamas, jogado pétalas de rosas diante do padre que, ataviado de ouro, carregava o Santíssimo Sacramento; havia ostentado um vestido de primeira comunhão e beijado grandes pedras violeta nos dedos dos bispos; repositórios embolorados, altares do mês de Maria, presépios, procissões, anjos, incensos, todos aqueles aromas, aquelas atividades, aqueles ouropéis cintilantes haviam sido o único luxo de minha infância. E, no deslumbramento de tanta magnificência, como era agradável sentir acima de nós uma alma branca e radiante como a hóstia no coração do ostensório! Depois, um dia, alma e céu se entenebrecem, e vemos, instalados em nós, remorsos, pecado, medo. Mesmo quando se limitava a considerar o aspecto terreno das coisas, Andrée levava terrivelmente a sério o que acontecia ao seu redor; como poderia deixar de ser tomada pela angústia quando encarava sua vida sob a misteriosa luz do mundo sobrenatural? Enfrentar a mãe talvez fosse revoltar-se contra Deus: mas, submetendo-se a ela, talvez se mostrasse indigna das graças que recebera. Como saber se, amando Pascal, não estaria servindo aos desígnios de Satã? A cada instante, a eternidade estava em jogo, e nenhum sinal claro indicava se o que se estava fazendo era ganhá-la ou perdê-la! Pascal tinha ajudado

Andrée a superar esses terrores. Mas nossa conversa noturna me mostrara que ela estava prestes a recair. Sem dúvida não era na igreja que encontrava a paz do coração.

Passei a tarde deprimida e olhei sem alegria as vacas de chifres pontudos, carregadas de jovens camponeses mortos de medo. Durante os três dias seguintes, todas as mulheres da casa se atarefaram sem descanso no subsolo; eu mesma descasquei ervilhas, descaroei ameixas. Todos os anos os grandes proprietários da região se reuniam à beira do Adour para comer pratos frios; aquela festa inocente exigia longos preparativos. "Cada família quer se mostrar melhor que todas as outras e, a cada ano, melhor que no ano anterior", disse-me Andrée. Chegada a manhã da festa, uma caminhonete alugada foi carregada com dois grandes cestos cheios de comida e louça, e os jovens se amontoaram no espaço que ainda estava livre; as pessoas de idade e os noivos nos seguiram nos automóveis. Eu tinha posto o vestido de bolinhas vermelhas, emprestado por Andrée; ela usava um vestido de linho de seda crua e um cinto verde, combinando com seu chapelão que quase não parecia ser feito de papel.

Água azul, velhos carvalhos, relva espessa; nós nos teríamos deitado na relva, teríamos almoçado um sanduíche, ficaríamos conversando até a noite: uma tarde de perfeita felicidade, pensei com melancolia, ajudando Andrée a desembalar cestos e cestinhas. Que trabalheira! Era preciso aprontar mesas, organizar o bufê, estender as toalhas nos lugares certos. Chegavam outros veículos: automóveis rutilantes, calhambeques antigos e até um breque puxado por dois cavalos. Os jovens logo se punham a remexer as vasilhas. Os velhos se sentavam em troncos de árvores cobertos de oleados ou em cadeiras dobráveis. Andrée os cumprimentava com sorrisos e reverências; agradava especialmente aos senhores de idade e conversava longamente com eles. A intervalos, revezava-se com Malou e Guite, que giravam a manivela de uma máquina complicada, destinada a transformar em sorvete o creme de leite com que fora carregada. Eu também as ajudava.

— Que coisa incrível! — exclamei, apontando as mesas cobertas de comida.

— Sim, em termos de cumprir deveres sociais, somos todos notórios cristãos! — disse Andrée.

O creme de leite não endurecia. Desistimos e nos sentamos em torno de uma das toalhas, no círculo dos maiores de 20 anos. O primo Charles falava em voz distinta com uma moça feiíssima e maravilhosamente vestida: a cor e o tecido de seu vestido não tinham nome em nosso vocabulário.

— Este piquenique está parecendo um baile do *Club des liserés verts* — cochichou Andrée.

— É uma entrevista? A moça é bem feiosa — comentei.

— Mas bem rica — disse Andrée. E acrescentou, zombeteira: — Há pelo menos dois casamentos na manga.

Naquele tempo eu era até que voraz, mas a abundância e a solenidade dos pratos que as serviçais punham para circular me desencorajaram. Peixe em gelatina, canudos de presunto, *aspics* e barquetes, galantinas, bolos de carne, carnes de caçarola, frangos frios, patês, terrinas, conservas de carne, filés de pato assados, macedônias e maioneses, pastelões, tortas e frangipanas, era preciso experimentar de tudo e elogiar tudo, para não melindrar ninguém. Ainda por cima, falava-se daquilo que se estava comendo. Andrée dava mostras de ter mais apetite que de costume e no início da refeição esteve até alegre; seu vizinho da direita, um belo moreno com ar pretensioso, buscava o tempo todo seu olhar e falava com ela em voz baixa; logo ela parecia irritada; a raiva ou o vinho conferiam certo rosado a suas faces; como todos os proprietários de vinhedos haviam levado amostras de seus vinhos, esvaziamos muitas garrafas. A conversa ficou animada. Passou a versar sobre flertes; poderíamos flertar? Até que ponto? Ao fim e ao cabo, todos eram contrários, mas aquela foi uma oportunidade de conversinhas mordazes entre rapazes e moças; no conjunto, aqueles jovens eram bastante puritanos; alguns, porém, eram nitidamente vulgares — houve muitas risadas maliciosas; os jovens assanhados começaram a contar histórias, aliás decentes, mas num tom que sugeria que eles poderiam estar contando outras. Foi aberta uma garrafa de champanhe, e alguém propôs que bebêssemos todos no mesmo copo para que cada um conhecesse os pensamentos do vizinho; a taça passou de mão em mão; o belo moreno de ar pretensioso esvaziou-a e passou-a para Andrée, cochichando alguma coisa em seu ouvido; com um safanão, ela atirou a taça longe, que saiu rolando pela grama.

— Não gosto de promiscuidade — disse com voz clara.

Houve um silêncio constrangido, e Charles soltou uma gargalhada.

— Nossa Andrée não quer que conheçam seus pensamentos?

— Não faço nenhuma questão de conhecer os alheios — disse ela. — Aliás, já bebi demais.

Levantou-se.

— Vou buscar café.

Fiquei a olhá-la com perplexidade. Em seu lugar, eu teria bebido sem criar caso; sim, naquelas libertinagens inocentes havia algo de malicioso: mas em que aquilo nos afetava? Aos olhos de Andrée, decerto era um sacrilégio aquele falso encontro de duas bocas num copo. Por acaso estaria pensando nos antigos beijos de Bernard ou nos que Pascal ainda não lhe dera? Andrée não voltava; levantei-me também e penetrei nas sombras dos carvalhos. De novo me perguntei o que ela queria dizer exatamente quando falava de beijos que não eram platônicos. Eu estava solidamente informada sobre os problemas sexuais, durante a infância e a adolescência meu corpo tivera seus sonhos, mas nem minha considerável ciência nem minha ínfima experiência explicavam que vínculos unem os avatares da carne à afeição, à felicidade. Para Andrée, existia entre o coração e o corpo uma passagem que continuava misteriosa para mim.

Saí do pequeno bosque. O Adour tinha feito um cotovelo, e eu me encontrei em sua margem; ouvi o ruído de uma cascata; no fundo da água transparente, os seixos jaspeados pareciam bombons imitando seixos.

— Sylvie!

Era a senhora Gallard, toda vermelha debaixo de seu chapéu de palha.

— A senhorita sabe onde Andrée está?

— Estou procurando — respondi.

— Faz uma hora que ela desapareceu; é muito descortês.

Na verdade, pensei, ela está preocupada. Sem dúvida ela amava Andrée à sua maneira: que maneira? Essa era a questão. Cada um à sua maneira, nós a amávamos todos.

Agora o barulho da cascata atingia com violência nossos ouvidos. A senhora Gallard parou.

— Eu sabia!

Debaixo de uma árvore, perto de um tufo de cólquicos, avistei o vestido de Andrée, seu cinto verde e sua combinação de linho cru. A senhora Gallard aproximou-se do rio.

— Andrée!

Alguma coisa se mexeu ao pé da cascata. A cabeça de Andrée emergiu.

— Venham! A água está maravilhosa!

— Faça o favor de sair daí imediatamente!

Andrée veio nadando em nossa direção, seu rosto ria.

— Logo depois de almoçar! Você podia ter uma congestão! — disse a senhora Gallard.

Andrée subiu para a margem; estava envolta numa capa impermeável que ela tinha ajustado com alfinetes; os cabelos, alisados pela água, caíam sobre seus olhos.

— Ah! Você está mesmo com boa cara! — disse a senhora Gallard, com voz mais branda. — Como vai se enxugar?

— Eu me viro.

— Eu me pergunto no que Deus estava pensando quando me deu uma filha dessas! — disse a senhora Gallard.

Ela sorria, mas acrescentou com severidade:

— Volte imediatamente. Você está faltando a todos os seus deveres.

— Já volto.

A senhora Gallard se afastou, e eu me sentei do outro lado da árvore enquanto Andrée se vestia.

— Ah! Como estava boa a água.

— Devia estar gelada.

— Quando recebi a cascata nas costas, perdi o fôlego no começo — disse Andrée —, mas foi bom.

Desenterrei um cólquico; fiquei pensando se eram realmente venenosas aquelas flores esquisitas, ao mesmo tempo rústicas e sofisticadas, em sua nudez, que saíam do chão num único jato, como cogumelos.

— Você acha que, se fizéssemos as irmãs Santenay engolir um caldo de cólquicos, elas morreriam? — perguntei.

— Coitadinhas! Não são ruins — disse Andrée.

Aproximou-se de mim; havia posto o vestido e afivelava o cinto.

— Eu me enxuguei com a combinação — disse. — Ninguém vai perceber que estou sem combinação; a gente sempre tem coisas demais no corpo.

Estendeu ao sol a capa molhada e o saiote amarrotado.

— Precisamos voltar para lá.

— Infelizmente!

— Pobre Sylvie! Deve estar bem entediada.

Sorriu para mim.

— Agora que o piquenique acabou, espero ficar um pouco mais livre.

— Você acha que pode dar um jeito de a gente se ver um pouco?

— De uma maneira ou de outra, vou dar um jeito — disse ela com voz decidida.

Enquanto voltávamos a passos lentos ao longo da margem do rio, ela disse:

— Recebi uma carta de Pascal hoje de manhã.

— Era boa a carta?

Ela balançou a cabeça.
— Sim.
Amassou na mão uma folha de menta e aspirou seu cheiro, com ar feliz.
— Ele disse que, se minha mãe pediu para pensar, é bom sinal. Diz que devemos ter confiança.
— É o que acho também.
— Tenho confiança — disse Andrée.
Queria lhe perguntar por que tinha jogado a taça de champanhe no chão, mas fiquei com medo de deixá-la embaraçada.
Andrée foi simpática com todos durante o resto do dia; eu quase não me diverti. Nos dias seguintes, ela não teve mais liberdade do que antes. Não havia dúvida. A senhora Gallard arranjava sistematicamente as coisas para nos impedir de conversar. Ao descobrir as cartas de Pascal, deve ter-se arrependido amargamente de ter concordado com minha ida, e agora reparava o erro da melhor maneira que podia. Minha tristeza aumentava quando percebia que a separação se aproximava. Na volta das férias haveria o casamento de Malou, pensava eu naquela manhã, Andrée substituiria a irmã na casa e na sociedade, e eu a avistaria, às pressas, entre um bazar de caridade e um enterro. Era antevéspera de minha partida e, como ocorria com frequência, eu havia descido para o parque enquanto todos ainda dormiam. O verão morria, os arbustos se avermelhavam, as bagas vermelhas da sorveira-brava amarelavam; sob o alento branco da manhã, os cobres do outono pareciam mais ardentes: eu gostava de ver as árvores se abrasar acima da relva ainda fumosas de frio. Enquanto seguia melancolicamente pelas

aleias bem rasteladas, onde já não brotavam flores silvestres, pareceu-me ouvir música: encaminhei-me naquela direção; era o som de um violino. Bem no fundo do parque, escondida num grupo de pinheiros, Andrée tocava. Jogara um velho xale sobre o vestido de jersey azul e, com expressão recolhida, escutava a voz do instrumento apoiado em seu ombro. Seus belos cabelos pretos estavam separados para um lado por uma risca bem-feita, de uma brancura comovente, que dava vontade de seguir com o dedo, terna e respeitosamente. Durante um momento fiquei espiando o vaivém do arco e pensei, olhando Andrée: "Como é solitária!"

A última nota morreu, eu me aproximei, pondo a estalar sob os pés as agulhas dos pinheiros.

— Ah! — disse Andrée. — Você me ouviu? Dá para ouvir da casa?

— Não — respondi. — Eu estava passeando por aqui. Como você toca bem! — acrescentei.

Andrée suspirou.

— Se pelo menos eu tivesse um pouco de tempo para estudar!

— É frequente você dar concertos assim ao ar livre?

— Não. Mas faz alguns dias que eu estava com tanta vontade de tocar! E não quero que aquela gente toda me ouça.

Andrée deitou o violino em seu pequeno estojo.

— Preciso voltar para casa antes que mamãe desça; ela iria dizer que sou louca, e isso não me ajudaria em nada.

— Vai levar o violino à casa das Santenay? — perguntei, enquanto nos dirigíamos para a casa.

— Claro que não! Ah! Essa estadia me apavora — acrescentou. — Aqui pelo menos estou em casa.

— Você é obrigada mesmo a ir?
— Não quero brigar com mamãe por coisas pequenas — disse ela. — Principalmente neste momento.
— Entendo — respondi.

Andrée entrou na casa, e eu me instalei no meio da grama com um livro. Um pouco mais tarde, eu a vi cortando rosas em companhia das irmãs Santenay. Depois, foi cortar lenha no depósito, e ouvi os golpes surdos do machado. O sol subia no céu, e eu lia sem alegria. Já não me sentia totalmente segura de que a decisão da senhora Gallard viesse a ser favorável. Andrée, como a irmã, teria um dote modesto, mas, como era muito mais bonita e muito mais inteligente que Malou, a mãe decerto alimentava altas ambições para ela. De repente, ouvi um grito: era de Andrée.

Corri para o depósito de lenha. A senhora Gallard estava inclinada sobre ela; Andrée jazia sobre a serragem, de olhos fechados, um pé ensanguentado; o gume do machado estava manchado de vermelho.

— Malou, traga para baixo seu estojo de primeiros socorros, Andrée se machucou! — gritou a senhora Gallard.

Pediu-me que fosse telefonar para o médico. Quando voltei, Malou estava pondo uma bandagem no pé de Andrée, e a mãe a fazia respirar amoníaco; ela abriu os olhos.

— O machado escapou da minha mão! — murmurou.
— O osso não foi afetado — disse Malou. — É um corte fundo, mas o osso não foi afetado.

Andrée teve um pouco de febre, e o médico a achou cansada demais; ordenou longo repouso; de qualquer maneira, ela não poderia se valer do pé por pelo menos uns dez dias.

Quando fui vê-la, à noite, ela estava muito pálida, mas abriu um grande sorriso.

— Estou presa ao leito até o fim das férias! — disse-me com voz triunfante.

— Dói? — perguntei.

— Muito pouco — respondeu ela. — Mesmo que a dor fosse dez vezes maior, preferia isso a ter de ir à casa das Santenay — acrescentou.

Olhou-me com ar malicioso.

— É isso que se chama acidente providencial!

Olhei-a com perplexidade.

— Andrée! Você não fez isso de propósito, fez?

— Eu não podia esperar que a providência se incomodasse com tão pouca coisa — disse ela, alegremente.

— Como é que você teve coragem! Poderia ter mutilado o pé!

Andrée reclinou-se, apoiou a cabeça no travesseiro.

— Eu não aguentava mais — disse.

Durante um momento, ficou olhando o teto em silêncio; e, diante de seu rosto descorado, de seus olhos fixos, senti renascer em mim um velho temor. Levantar o machado, golpear — eu nunca teria sido capaz disso; só de pensar, meu sangue se revoltava. O que mais me assustava era o que se teria passado nela naquele momento.

— Sua mãe desconfia de alguma coisa?

— Acho que não.

Andrée se endireitou.

— Eu disse a você que ia dar um jeito para ter paz, de uma maneira ou de outra.

— Já tinha decidido?

— Tinha decidido fazer alguma coisa. A ideia do machado me ocorreu hoje de manhã enquanto colhia flores. De início, eu tinha pensado em me ferir com a tesoura podadora, mas não teria sido suficiente.

— Você me dá medo — eu disse.

Andrée abriu um sorriso largo.

— Por quê? Deu tudo certo: não cortei fundo.

E acrescentou:

— Quer que eu peça a mamãe que você fique aqui até o fim do mês?

— Ela não vai querer.

— Deixe que eu fale com ela!

A senhora Gallard teria desconfiado de uma verdade que lhe causou remorsos e temores? Teria ficado preocupada com o diagnóstico do médico? Concordou que eu continuasse em Béthary para fazer companhia a Andrée. Os Rivière de Bonneuils foram embora ao mesmo tempo que Malou e as Santenay, e a casa ficou muito calma da noite para o dia. Andrée ganhou um quarto só para si, e eu passei longas horas junto à sua cabeceira. Certa manhã, ela me disse:

— Ontem à noite tive uma longa conversa com mamãe sobre Pascal.

— E aí?

Andrée acendeu um cigarro; fumava quando se sentia nervosa.

— Ela falou com papai. Em princípio, não reprovam nada em Pascal; tiveram até boa impressão dele no dia em que você o levou à nossa casa.

Andrée buscou meu olhar.

— Mas eu entendo mamãe: ela não conhece Pascal e se pergunta se as intenções dele são sérias.
— Ela não se oporia a um casamento? — perguntei com esperança.
— Não.
— Bom! É o essencial. Você não está contente?
Andrée deu uma tragada.
— Não se pode falar de casamento antes de dois ou três anos...
— Eu sei.
— Mamãe exige que fiquemos oficialmente noivos. Se não, vai me proibir de ver Pascal: quer me mandar para a Inglaterra, destruir pontes.
— Vocês ficam noivos e pronto.
E encadeei, apressadamente:
— Sim, você nunca tratou dessa questão com Pascal, mas não vai imaginar que ele a deixará ficar longe durante dois anos!
— Não posso obrigá-lo a ficar noivo! — disse Andrée com agitação. — Ele me pediu paciência, diz que precisa de tempo para enxergar claro em si mesmo; eu não vou agarrá--lo pelo colarinho e gritar: "Vamos ficar noivos!"
— Você não vai agarrá-lo pelo colarinho: vai explicar a situação.
— Isso equivale a colocá-lo contra a parede.
— Não é culpa sua! Você não pode fazer outra coisa.
Ela relutou muito tempo, mas acabei por convencê-la a falar com Pascal. Só se recusou a colocá-lo a par por meio de carta; disse à mãe que conversaria com ele na volta das férias. A senhora Gallard aquiesceu. Andava sorridente naqueles

tempos; talvez pensasse: "Duas filhas casadas!" Mostrou-se quase amável comigo; e muitas vezes, enquanto arrumava os travesseiros de Andrée, enquanto a ajudava a vestir algum casaquinho, algo em seus olhos me lembrava a fotografia de seus tempos de moça.

Andrée tinha contado a Pascal, em tom brincalhão, como se machucara; recebeu dele duas cartas preocupadas. Dizia que ela precisava de alguém ajuizado para cuidar dela, além de outras coisas que não me contou; mas eu entendi que ela já não duvidava dos sentimentos dele. O repouso e o sono devolveram-lhe cores, e ela até chegou a engordar um pouco: eu nunca a tinha visto mais saudável do que no dia em que finalmente pôde deixar a cama.

Mancava um pouco, andava com dificuldade. A senhora Gallard nos emprestou o Citroën por um dia inteiro. Eu raramente entrava em carros, e nunca por lazer. Tinha o coração feliz quando me sentei ao lado de Andrée, e o automóvel trafegou pela avenida, com todos os vidros abaixados. Através da floresta de Landes, seguimos por um longo caminho reto que fugia entre os pinheiros, até o céu. Andrée dirigia depressa: o ponteiro do velocímetro chegava aos 80 quilômetros por hora! Apesar de sua competência, eu estava um pouco preocupada.

— Veja se não vai nos matar — eu disse.
— Claro que não!

Andrée sorriu com felicidade.

— Agora não quero morrer de jeito nenhum.
— Antes queria?
— Ah, sim! Toda noite, quando pegava no sono, desejava não acordar. Agora peço a Deus que me mantenha viva — acrescentou com alegria.

Saímos da via principal e contornamos devagar as lagoas adormecidas entre as urzes; almoçamos à beira-mar, num hotel deserto: a estação estava acabando; as praias, vazias; as *villas*, fechadas. Em Baiona, compramos barras multicoloridas de torrone para as gêmeas; comemos um, palmilhando devagar o claustro da catedral. Andrée apoiava-se em meu ombro. Falávamos dos claustros da Espanha e da Itália, onde iríamos passear um dia, e de outros países mais distantes, grandes viagens. Quando voltávamos para o automóvel, apontei o pé enfaixado.

— Nunca vou entender como teve essa coragem!

— Você também teria, caso se sentisse acuada como eu estava.

Tocou a têmpora.

— O resultado é que eu tinha dores de cabeça insuportáveis.

— Não tem mais?

— Muito menos. Sem dizer que, como não dormia à noite, abusava de Maxiton e cola.

— Não vai recomeçar?

— Não. Na volta, vai haver uma quinzena difícil, até o casamento de Malou; mas agora tenho forças.

Por uma trilha que costeava o Adour, voltamos à floresta. Apesar de tudo, a senhora Gallard tinha dado um jeito de encarregar Andrée de uma tarefa: ela precisava levar um enxovalzinho tricotado pela senhora Rivière de Bonneuil a uma jovem camponesa que estava esperando um bebê. Andrée parou o carro diante de uma bela casa landesa, no meio de uma clareira cercada de pinheiros; eu estava acostumada às quintas de Sadernac, com montes de esterco e valetas de purina, e a elegância daquela fazendinha perdida na floresta me surpreendeu. A jovem nos ofereceu vinho *rosé*, produzido pelo sogro, abriu o armário para nos fazer admirar seus lençóis bordados: tinham um cheiro bom de lavanda e meliloto. Um bebê de dez meses ria no moisés, e Andrée o deixou brincar com suas medalhas de ouro: ela ainda gostava muito de crianças.

— É esperto para a idade! — disse.

Na boca de Andrée, os lugares-comuns deixavam de ser banais, tanta sinceridade havia em sua voz e no sorriso de seus olhos.

— Este aqui também não dorme — disse alegre a jovem, pondo a mão sobre o ventre.

Tinha cabelos escuros e pele trigueira, como Andrée; a compleição também era a mesma: pernas um pouco curtas, mas porte gracioso, apesar da gravidez avançada. "Quando Andrée estiver esperando filho, vai ser exatamente assim", pensei. Pela primeira vez, imaginei sem me aborrecer Andrée casada e mãe de família. Em torno dela haveria belos móveis luzentes, como aqueles; todos se sentiriam bem em sua casa. Mas ela não passaria horas lustrando cobres nem cobrindo potes de geleias com pergaminho; tocaria violino, e eu estava intimamente convencida de que escreveria livros: sempre tinha gostado tanto de livros e de escrever.

"Como a felicidade vai lhe cair bem!", pensei enquanto ela conversava com a moça do bebê que estava para nascer e do outro, que tinha já dentes nascendo.

— Foi um dia muito bom! — eu disse quando, uma hora depois, o automóvel parou diante dos maciços de zínia.

— Foi, sim — respondeu Andrée.

Eu tinha certeza de que ela também havia pensado no futuro.

* * *

Os Gallards voltaram para Paris antes de mim, por causa do casamento de Malou. Assim que voltei, telefonei para Andrée e marcamos um encontro para o dia seguinte; ela parecia ter pressa de desligar, e eu não gostava de conversar com ela sem ver seu rosto. Não lhe fiz perguntas.

Esperei nos jardins dos Champs-Élysées, diante da estátua de Alphonse Daudet. Ela chegou um pouco atrasada, e percebi de imediato que alguma coisa não ia bem: ela se sentou ao meu lado sem sequer tentar sorrir. Perguntei ansiosamente:

— Você não está bem?

— Não — respondeu. E acrescentou com voz apagada:

— Pascal não quer.

— Não quer o quê?

— Ficar noivo. Não agora.

— E então?

— Então mamãe me manda para Cambridge logo depois do casamento.

— Mas é absurdo! — protestei. — Impossível! Pascal não pode deixá-la partir!

— Ele disse que a gente se escreve, que vai tentar ir lá uma vez, que dois anos não é tanto tempo — disse Andrée com sua voz inexpressiva; parecia recitar um catecismo no qual não acreditava.

— Mas por quê? — perguntei.

Andrée, quando me relatava alguma conversa, usava de tanta clareza que eu tinha a impressão de ter ouvido tudo com meus próprios ouvidos; daquela vez, fez um relato confuso em tom sombrio. Pascal parecera tocado ao revê-la, dissera que a amava, mas, ao ouvir a palavra noivado, mudou de expressão. Não, dissera com veemência, não! O pai jamais admitiria que ele ficasse noivo tão jovem; depois de todos os sacrifícios que fizera pelo filho, o senhor Blondel tinha o direito de esperar que ele se dedicasse de corpo e alma a estudar para o concurso; uma questão sentimental lhe pareceria um desperdício. Eu sabia que Pascal respeitava muito o pai, podia compreender que sua primeira reação tivesse sido o medo de lhe causar desgosto; mas, ao saber que a senhora Gallard não cederia, como tinha ficado inerte?

— Será que ele percebeu como a ideia dessa viagem a deixa infeliz?

— Não sei.

— Você lhe disse?

— Um pouco.

— Seria preciso insistir. Tenho certeza de que você não tentou realmente discutir.

— Ele tinha jeito de se sentir acuado — disse Andrée. — Eu sei o que é se sentir acuado!

Sua voz tremia, e eu entendi que ela apenas tinha ouvido os argumentos de Pascal, que não tentara refutá-los.

— Ainda dá tempo de lutar — eu disse.

— Será que vou precisar passar a vida lutando contra as pessoas que amo?

Falou com tanta veemência que não insisti. Raciocinei:

— E se Pascal fosse esclarecer tudo com a sua mãe?

— Propus isso a mamãe. Ela não acha suficiente. Diz que, se Pascal tivesse seriamente a intenção de se casar comigo, me apresentaria à sua família; como ele se recusa, só resta acabar com tudo. Mamãe disse uma frase estranha.

Pensou um momento e continuou:

— Ela disse: "Conheço você muito bem; é minha filha, carne da minha carne; não é suficientemente forte para que eu a deixe exposta às tentações; se você sucumbisse, eu mereceria que o pecado recaísse sobre mim."

Olhou-me interrogativamente, como se esperasse que eu pudesse ajudá-la a captar o sentido oculto dessas palavras, mas no momento eu não estava dando a mínima para os dramas íntimos da senhora Gallard. A resignação de Andrée me deixava impaciente.

— E se você se recusasse a partir? — perguntei.

— Recusar? Como?

— Não vão embarcá-la à força num navio.

— Posso me trancar no quarto e fazer greve de fome — disse Andrée. — E depois? Mamãe vai conversar com o pai de Pascal...

Andrée escondeu o rosto nas mãos.

— Não quero pensar em mamãe como uma inimiga! É horrível!

— Vou falar com Pascal — eu disse, decidida. — Você não soube falar com ele.

— Não vai conseguir nada.

— Deixe-me tentar.

— Tente, mas não vai conseguir nada.

Andrée olhou com dureza para a estátua de Alphonse Daudet, mas seus olhos estavam em outra coisa, não no mármore mortiço.

— Deus está contra mim — disse.

Estremeci ao ouvir essa blasfêmia, como se fosse religiosa.

— Pascal diria que você está blasfemando — disse-lhe. — Se Deus existe, não está contra ninguém.

— O que é que a gente sabe? Quem entende o que é Deus? — disse ela.

Deu de ombros.

— Ah! Talvez esteja me reservando um bom lugar no céu, mas aqui na terra está contra mim. No entanto — acrescentou com voz apaixonada —, há gente que está no céu e que foi feliz neste mundo!

De repente começou a chorar.

— Não quero ir embora! Dois anos longe de Pascal, longe de mamãe, longe de você. Não vou ter forças!

Eu nunca tinha visto Andrée chorar, nem na época do rompimento com Bernard. Tive vontade de pegar sua mão, fazer algum gesto, mas fiquei prisioneira de nosso passado severo e não me mexi. Pensei naquelas duas horas que ela havia passado no telhado do castelo de Béthary, decidindo se deveria pular; naquele momento havia as mesmas trevas em seu íntimo.

— Andrée, você não vai partir. É impossível que eu não convença Pascal.

Ela enxugou os olhos, olhou o relógio e levantou-se:

— Não vai conseguir nada — repetiu.

Eu tinha certeza do contrário. Quando telefonei a Pascal à noite, sua voz foi amistosa e alegre; ele amava Andrée e era acessível à razão; Andrée tinha fracassado porque agira como perdedora; eu não, eu queria ganhar e sairia vitoriosa.

Pascal me esperava no terraço do Jardim de Luxemburgo; era sempre o primeiro a chegar aos encontros. Nós nos sentamos e constatamos em voz alta que o dia estava lindo. Em torno do tanque onde vogavam veleiros nanicos, os canteiros de flores pareciam bordados em tela; seu desenho racional, a nitidez do céu, tudo confirmava minha certeza: o bom senso e a verdade iriam falar por minha boca; Pascal seria obrigado a ceder. Ataquei:

— Vi Andrée ontem à tarde.

Pascal me olhou com ar compreensivo.

— Eu também, queria falar com você sobre ela. Sylvie, você precisa me ajudar.

Eram as exatas palavras que a senhora Gallard tinha me dito um dia.

— Não! — respondi. — Não vou ajudá-lo a convencer Andrée a partir para a Inglaterra. Ela não precisa partir! Ela não lhe disse até que ponto essa ideia lhe causa horror, mas eu sei.

— Ela me disse — respondeu Pascal —, e é por isso que lhe peço ajuda: ela precisa entender que uma separação de dois anos não tem nada de trágico.

— Para ela é trágico. Não é só você que ela está deixando: é toda a vida dela. Nunca a vi tão infeliz — acrescentei com ardor. — Você não pode lhe impingir isso!

— Você conhece Andrée — disse Pascal. — Sabe que ela começa sempre tomando as coisas muito a peito, depois encontra o equilíbrio.

E acrescentou:

— Se Andrée partir com boa vontade, segura de meu amor, confiante no futuro, a separação não será tão terrível!
— Como quer que ela esteja segura, confiante e tudo, se você a deixa ir embora! — retruquei.
Olhei Pascal com consternação.
— Enfim, depende de você que ela seja perfeitamente feliz ou horrivelmente miserável, e você está escolhendo a infelicidade dela.
— Ah! Você conhece a arte das simplificações — disse Pascal.

Recolheu do chão o aro de uma menina que tinha acabado de lançá-lo nas pernas dele e o mandou de volta com um movimento ágil. Disse:
— Felicidade ou infelicidade é sobretudo uma questão de disposições interiores.
— Nas disposições em que Andrée está, vai passar os dias chorando. — E acrescentei com irritação: — Ela não tem o coração tão racional quanto você! Quando ama uma pessoa, sente necessidade de vê-la.
— Por que se deve ser irracional a pretexto de amar? — disse Pascal. — Detesto esses preconceitos românticos.
Deu de ombros.
— A presença não é tão importante, no sentido físico da palavra. Ou então é porque é importante demais.
— Talvez Andrée seja romântica, talvez esteja errada, mas, se você a ama, deveria tentar entender. Não vai mudá-la à força de raciocínios.
Olhei preocupada para as platibandas de heliotropos e sálvia; pensei, de repente: "Não vou mudar Pascal à força de raciocínios."

— Por que tem tanto medo de falar com o seu pai? — perguntei.
— Não é medo — disse ele.
— O que é então?
— Expliquei a Andrée.
— Ela não entendeu nada.
— Seria preciso conhecer o meu pai e a relação que tenho com ele — disse Pascal.
Olhou-me com censura.
— Sylvie, você sabe que amo Andrée, não sabe?
— Sei que você a deixa desesperada para poupar o menor dos aborrecimentos ao seu pai. Enfim! — eu disse com impaciência. — Ele deve desconfiar que um dia você se casará!
— Ele acharia absurdo eu ficar noivo tão jovem; faria péssimo juízo de Andrée e perderia qualquer apreço que tenha por mim.
De novo Pascal buscou meu olhar.
— Acredite em mim! Amo Andrée. Para lhe recusar o que ela está pedindo, meus motivos têm de ser bem sérios.
— Não os entendo — respondi.
Pascal buscou as palavras e fez um gesto de impotência.
— Meu pai é velho, está cansado, é triste envelhecer! — disse com voz comovida.
— Tente pelo menos lhe explicar a situação! Faça-o sentir que Andrée não vai suportar esse exílio.
— Ele vai responder que se suporta tudo — disse Pascal.
— Sabe, ele mesmo suportou muita coisa. Estou certo de que achará que essa separação é desejável.
— Mas por quê? — perguntei.

Sentia em Pascal uma obstinação que começava a me assustar. No entanto, só havia um céu sobre nossa cabeça, só uma verdade. Tive uma inspiração.

— Você falou com a sua irmã?

— Minha irmã? Não. Por quê?

— Fale com ela. Talvez ela encontre um meio de apresentar os fatos ao seu pai.

Pascal ficou calado por um momento.

— Minha irmã seria mais afetada que ele, se eu ficasse noivo — disse.

Pensei em Emma, testa grande, vestido azul-marinho, gola de piquê branco, com aquele ar de proprietária que assumia quando falava de Pascal. Claro. Emma não era uma aliada.

— Ah! — exclamei. — É de Emma que você tem medo?

— Por que se recusa a entender? — disse Pascal. — Não quero desgostar o meu pai nem Emma, depois de tudo o que foram para mim; isso me parece normal.

— Emma não está mesmo esperando que você se ordene padre?

— Claro que não.

Ele hesitou.

— Não é nada alegre a velhice; e também não é nada alegre viver com um velho. Quando eu não estiver mais lá, a casa vai ser triste para a minha irmã.

Sim, eu entendia o ponto de vista de Emma; bem mais que o do senhor Blondel. E me perguntava se, de fato, não era principalmente por causa dela que Pascal fazia questão de manter aquele amor em segredo.

— Eles vão precisar se conformar com a ideia de que um dia você vai sair! — argumentei.

— Só peço a Andrée dois anos de paciência — disse Pascal. — Então o meu pai achará normal que eu pense em me casar; e Emma já estaria um pouco acostumada a essa ideia. Hoje, seria um sofrimento.

— Para Andrée essa viagem é um sofrimento. Se alguém deve sofrer, por que tem de ser ela?

— Andrée e eu temos a vida pela frente e a certeza de que, mais cedo ou mais tarde, seremos felizes. Podemos muito bem nos sacrificar algum tempo por aqueles que não têm nada — disse Pascal com certa irritação.

— Ela vai sofrer mais que você — eu disse.

Olhei para ele com hostilidade.

— Ela é jovem, sim, o que quer dizer que tem sangue nas veias, quer viver...

Pascal balançou a cabeça e disse:

— Essa é também uma das razões pelas quais é preferível nos separarmos.

Fiquei estupefata.

— Não estou entendendo — falei.

— Sylvie, em certos aspectos você está atrasada para a sua idade — disse ele num tom que o padre Dominique usava antigamente quando me confessava. — Além disso, não tem fé. Há questões que lhe escapam.

— Por exemplo?

— A intimidade do noivado; não é fácil viver como cristão. Andrée é uma mulher de verdade, mulher de carne e osso. Mesmo que a gente não ceda às tentações, elas estarão

presentes o tempo todo, e esse tipo de obsessão, em si mesma, é pecado.
Senti que enrubesci. Não tinha previsto esse argumento e me repugnava considerá-lo.
— Visto que Andrée está pronta a assumir esse risco, não cabe a você decidir por ela — respondi.
— Cabe, sim. É a mim que compete defendê-la de si mesma. Andrée é tão generosa, que se danaria por amor.
— Pobre Andrée! Todo mundo quer salvar a sua alma. E ela tem tanta vontade de ser um pouco feliz nesta terra!
— Andrée tem um senso de pecado maior que o meu — disse Pascal. — Por uma história infantil inocente, eu a vi roer-se de remorsos. Se as nossas relações se tornassem mais ou menos impuras, ela não se perdoaria.
Senti que estava perdendo o jogo; minha angústia me deu forças. Então disse:
— Pascal, escute. Acabo de passar um mês com Andrée: ela não aguenta mais. Fisicamente, restabeleceu-se um pouco, mas vai perder de novo o apetite e o sono, vai acabar ficando doente. Não aguenta mais, moralmente. Você consegue imaginar em que estado ela estava para cortar o pé com um machado?
De um fôlego, recapitulei a vida de Andrée nos últimos cinco anos. O sofrimento da separação de Bernard, a decepção ao descobrir a verdade do mundo em que vivia, a luta contra a mãe para ter o direito de agir segundo seus sentimentos e segundo sua consciência; todas as suas vitórias estavam envenenadas pelo remorso e, no menor dos desejos, ela suspeitava haver um pecado. À medida que eu falava, vis-

lumbrava abismos que Andrée nunca tinha me revelado, mas que algumas palavras suas tinham me levado a pressentir. Eu sentia medo, e parecia-me que Pascal devia estar assustado também.

— A cada noite desses cinco anos ela desejou morrer — eu disse. — E, no outro dia, estava tão desesperada que me disse: Deus está contra mim!

Pascal balançou a cabeça; seu rosto não mudara. Disse:

— Conheço Andrée tão bem quanto você, e até mais, porque posso observá-la em planos que não são acessíveis a você. Exigiu-se muito dela. Mas o que você ignora é que Deus dispensa suas graças na mesma medida em que inflige provas. Andrée tem alegrias e consolos de que você nem desconfia.

Eu estava vencida. Afastei-me bruscamente de Pascal e saí de cabeça baixa sob o céu mentiroso. Outros argumentos vieram-me à mente: eles não teriam servido de nada. Era estranho. Tivéramos centenas de discussões, e sempre um de nós convencia o outro. Naquele dia, estava em jogo algo bem real, e todos os raciocínios se despedaçavam contra as evidências obstinadas que nos habitavam. Eu me perguntei várias vezes, nos dias seguintes, quais eram os verdadeiros motivos a que Pascal obedecia. Quem o intimidava: o pai ou Emma? Acreditava de fato naquelas histórias de tentação e pecado? Ou tudo isso não passava de pretexto? Relutava em já assumir uma vida de adulto? Ele havia sempre considerado o futuro com apreensão. Ah! Não teria havido nenhum problema se a senhora Gallard não tivesse falado em noivado; Pascal teria visto Andrée tranquilamente durante aqueles dois anos; ele se convenceria da seriedade daquele amor e se habituaria à ideia de se tornar homem. Nem por isso a teimosia de Pascal deixava de me irritar. Sentia raiva da senhora Gallard, de Pascal e também de mim, porque muita coisa em Andrée continuava obscura para mim, e eu não podia lhe prestar nenhum verdadeiro socorro.

Passaram-se três dias antes que Andrée encontrasse de novo um tempo para falar comigo; marcamos encontro no salão de chá do magazine Printemps. Ao meu redor, mulheres perfumadas comiam doces e falavam do custo de vida; desde o dia em que Andrée nascera, previa-se que se pareceria com elas: mas não se parecia. Eu me perguntava que palavras lhe diria: não encontrara nenhuma nem para me consolar.

Andrée aproximou-se com passos rápidos.

— Estou atrasada!

— Isso não tem nenhuma importância.

Com frequência estava atrasada, não por falta de escrúpulos, mas porque estava dividida entre escrúpulos contrários.

— Peço desculpas por ter marcado aqui, mas tenho tão pouco tempo... — disse.

Pôs na mesa a bolsa e uma coleção de amostras, dizendo:

— Já rodei quatro magazines!

— Que trabalheira! — exclamei.

Eu conhecia a rotina. Quando as meninas Gallard precisavam de um casaco ou de um vestido, Andrée rodava grandes magazines e algumas lojas especializadas. Levava amostras para casa e, após um conselho de família, a senhora Gallard escolhia um tecido, tomando em consideração a qualidade e o preço. Daquela vez se tratava da confecção de roupas de casamento, nem pensar em tomar decisões irrefletidas.

— Seus pais não devem se importar com cem francos de diferença — comentei, com impaciência.

— Não, mas acham que dinheiro não é feito para ser desperdiçado.

Não seria desperdício poupar a Andrée a canseira e o aborrecimento daquelas compras complicadas, pensei. Ela estava com olheiras, e a maquiagem se destacava violentamente de sua pele branca. Apesar disso, para meu grande espanto, ela sorriu.

— Acho que as gêmeas ficariam bonitinhas com esta seda azul.

Aquiesci, com indiferença, e disse:

— Você parece cansada.

— Os grandes magazines sempre me dão dor de cabeça, vou tomar uma aspirina.

Pediu um copo de água e chá.

— Você deveria procurar um médico, tem dores de cabeça com muita frequência.

— Ah! São enxaquecas; vão e vêm, já estou acostumada — disse Andrée, diluindo dois comprimidos num copo de água.

Bebeu e sorriu de novo, dizendo:

— Pascal me contou a conversa de vocês. Estava um pouco amolado, porque teve a impressão de que você o julga muito mal.

Olhou-me com seriedade.

— Não deve!

— Não o julgo mal — respondi.

Eu já não tinha escolha. Se Andrée devia partir, melhor que confiasse em Pascal.

— É verdade que sempre exagero as coisas — disse ela —, acho que não terei forças: a gente sempre tem força.

Cruzava e descruzava nervosamente os dedos, mas seu rosto estava calmo.

— Toda a minha infelicidade é que não creio o suficiente — acrescentou. — Preciso crer em mamãe, em Pascal, em Deus: então sentirei que eles não se detestam mutuamente e que cada um deles não quer o meu mal.

Parecia estar falando para si mesma, e não para mim: não era costume seu.

— Sim — respondi. — Você sabe que Pascal a ama e que no fim se casarão; então esses dois anos não são tão longos...

— É melhor eu viajar — disse ela. — Eles têm razão, sei muito bem disso. Sei muito bem que a carne é um pecado, então é preciso fugir da carne. Devemos ter coragem de olhar as coisas de frente.

Não respondi. Perguntei:

— Vai ficar livre lá? Vai ter tempo para si mesma?

— Vou fazer alguns cursos e terei muito tempo — disse Andrée. Bebeu um gole de chá; suas mãos estavam calmas. Continuou:

— Nesse sentido, é uma sorte essa temporada na Inglaterra; se ficasse em Paris, levaria uma vida horrível. Em Cambridge vou respirar.

— Vai precisar dormir e comer — eu disse.

— Não fique com medo; vou ser ajuizada. Mas quero estudar — disse com voz animada. — Vou ler os poetas ingleses, há alguns tão belos. Talvez tente traduzir alguma coisa.

E, principalmente, gostaria de fazer um estudo sobre o romance inglês. Parece que há muita coisa para dizer sobre o romance, coisas que ainda não foram ditas.

    Sorriu.

— Minhas ideias ainda estão um pouco confusas, mas me ocorreu um monte de ideias nos últimos dias.

    — Gostaria de ouvi-las.

    — Quero falar sobre elas com você.

Andrée esvaziou a xícara de chá e continuou:

    — Da próxima vez vou dar um jeito de ter mais tempo. Peço desculpas se a incomodei para ficar só cinco minutos; mas queria apenas lhe dizer que não se preocupe mais comigo. Entendi que as coisas são justamente como devem ser.

Saí com ela do salão de chá e nos separamos diante de um balcão de guloseimas. Deu-me um grande sorriso encorajador:

    — Eu lhe telefono. Até breve!

* * *

Tomei conhecimento do que aconteceu depois por meio de Pascal. Pedi-lhe que contasse a cena tantas vezes e com tantos detalhes, que minha memória mal a distingue das lembranças pessoais. Foi dois dias depois, no fim da tarde. O senhor Blondel corrigia deveres em seu escritório; Emma descascava legumes; Pascal ainda não tinha chegado. A campainha soou. Emma enxugou as mãos e foi abrir a porta. Viu diante de si uma jovem de cabelos escuros, vestida corretamente com um *tailleur* cinza, mas sem chapéu, o que na época era totalmente insólito.

— Gostaria de falar com o senhor Blondel — disse Andrée.

Emma achou que se tratasse de alguma ex-aluna do pai e levou Andrée até o escritório. O senhor Blondel viu, com surpresa, uma jovem desconhecida caminhar até ele com a mão estendida.

— Bom dia, senhor. Sou Andrée Gallard.

— Desculpe — disse ele, apertando-lhe a mão —, não me lembro da senhorita...

Ela se sentou e cruzou as pernas com desenvoltura.

— Pascal não lhe falou de mim?

— Ah! É uma colega de Pascal? — disse o senhor Blondel.

— Colega não.

Olhou em torno de si.

— Ele não está?

— Não...

— Onde está? — perguntou ela preocupada. — Será que já está no céu?

O senhor Blondel a examinou com atenção: suas faces estavam vermelhas, ela visivelmente tinha febre.

— Vai chegar daqui a pouco — disse ele.

— Não importa. É com o senhor que vim falar.

Ela teve um calafrio.

— O senhor está me olhando para ver se no meu rosto está a marca do pecado? Juro que não sou pecadora; sempre lutei, sempre — disse ela, com paixão.

— A senhorita tem jeito de ser uma moça muito gentil — balbuciou o senhor Blondel, que começava a ficar agoniado; ainda por cima, era um pouco surdo.

— Não sou santa — disse ela, passando a mão na testa.
— Não sou santa, mas não farei mal a Pascal. Eu lhe suplico: não me obrigue a viajar!
— Viajar? Para onde?
— O senhor não sabe; é para a Inglaterra que mamãe vai me mandar, se o senhor me obrigar a viajar.
— Não estou obrigando — disse o senhor Blondel. — É algum mal-entendido.
Essa palavra o deixou aliviado. Repetiu:
— É algum mal-entendido.
— Sei cuidar de uma casa — disse Andrée. — Pascal não vai sentir falta de nada. E não sou de vida em sociedade. Se tiver um pouco de tempo para estudar violino e ver Sylvie, não peço nada mais.
Olhou para o senhor Blondel com expressão ansiosa.
— O senhor não me acha sensata?
— Completamente sensata.
— Então por que está contra mim?
— Minha menina, repito que há algum mal-entendido; não estou contra a senhorita — disse o senhor Blondel.
Ele não entendia nada daquela história, mas aquela jovem de faces febris lhe causava piedade; tinha vontade de tranquilizá-la e falara com tanta firmeza, que o rosto de Andrée se desanuviou.
— Verdade?
— Juro.
— Então o senhor não nos proíbe de ter filhos?
— Claro que não.
— Sete filhos é demais — disse Andrée —, algum não vai prestar; três ou quatro, está bom assim.

— Se a senhorita me contasse sua história... — disse o senhor Blondel.

— Sim.

Pensou um pouco e disse:

— Veja só, eu dizia que devia ter forças para partir, dizia que ia ter. E hoje de manhã, quando acordei, entendi que não conseguiria. Então vim lhe pedir que tenha piedade de mim.

— Não sou um inimigo — disse o senhor Blondel. — Conte mais.

Ela contou, sem muita incoerência. Pascal ouviu sua voz de trás da porta e levou um choque.

— Andrée! — disse em tom de repreensão, entrando no aposento.

Mas o pai fez-lhe um sinal.

— A senhorita Gallard precisava falar comigo, e eu fiquei muito feliz em conhecê-la — disse ele. — Só que ela está cansada, tem febre; leve-a de volta para a mãe.

Pascal aproximou-se de Andrée e tomou sua mão.

— Sim, você está com febre — disse.

— Não faz mal; estou tão feliz: seu pai não me detesta!

Pascal tocou os cabelos de Andrée.

— Espere. Vou chamar um táxi.

Seu pai o seguiu até a antessala e lhe contou a visita de Andrée.

— Por que você não me pôs a par? — perguntou em tom de repreensão.

— Fiz mal, sem dúvida — respondeu Pascal.

De repente ele sentiu que algo desconhecido, inclemente, insuportável lhe subia à garganta. Andrée tinha fechado os olhos. Esperaram o carro em silêncio. Ele tomou o braço dela para descerem a escada. No táxi, ela apoiou a cabeça no ombro dele.

— Pascal, por que nunca me beijou?

Ele a beijou

Pascal deu uma explicação breve à senhora Gallard; ambos se sentaram à cabeceira de Andrée. "Você não vai viajar, tudo está acertado", disse a senhora Gallard. Andrée sorriu e disse:

— É preciso pedir champanhe.

Depois começou a delirar. O médico prescreveu calmantes; falou de meningite, encefalite, mas não se definiu.

Numa mensagem, a senhora Gallard informou-me que Andrée havia delirado a noite inteira. Os médicos declararam que era preciso isolá-la, e ela foi transportada para uma clínica de Saint-Germain-en-Laye, onde tentaram por todos os meios abaixar a febre. Ela passou três dias com uma enfermeira e, entre divagações, repetia:

— Quero Pascal, Sylvie, meu violino e champanhe.

A febre não cedeu.

A senhora Gallard a velou durante a quarta noite; pela manhã, Andrée a reconheceu.

— Eu vou morrer? — perguntou. — Não posso morrer antes do casamento. As meninas vão ficar bonitinhas naquela seda azul!

Estava tão fraca que mal conseguia falar. Disse várias vezes: "Vou estragar a festa! Eu estrago tudo! Só lhes causei aborrecimentos!"

Mais tarde, apertou a mão da mãe.

— Não fique triste. Em todas as famílias alguém não presta: quem não presta sou eu.

Deve ter dito outras coisas, mas a senhora Gallard não as contou a Pascal. Quando telefonei para a clínica por volta das dez horas, disseram-me: "Acabou." Os médicos continuavam sem uma definição.

Revi Andrée na capela da clínica, deitada no meio de um canteiro de círios e flores. Estava com uma de suas longas camisolas de linho cru. Os cabelos tinham crescido, caíam em mechas lisas em torno de um rosto amarelo, tão magro que tive dificuldade para reconhecer seus traços. As mãos, de longas unhas pálidas, cruzadas sobre o crucifixo, pareciam friáveis como as de uma velha múmia.

Foi enterrada no pequeno cemitério de Béthary, entre a poeira dos antepassados. A senhora Gallard soluçava. "Fomos apenas instrumentos nas mãos de Deus", disse-lhe o senhor Gallard. O túmulo estava coberto de flores brancas.

Compreendi, obscuramente, que Andrée tinha morrido sufocada por aquela brancura. Antes de pegar o trem de volta, depositei sobre os ramos imaculados três rosas vermelhas.

Este livro foi composto na tipografia ITC Berkeley
Oldstyle Std, em corpo 12/16, e impresso em
papel off-white no Sistema Digital Instant Duplex
da Divisão Gráfica da Distribuidora Record.